Poesia lírica e indianista

BOM BL LIVRO

ANTOLOGIA

GONÇALVES DIAS
Poesia lírica e indianista

POEMAS SELECIONADOS

Cotejados com a edição crítica de *Obra poética de Gonçalves Dias*, organizada por Manuel Bandeira para a Companhia Editora Nacional, em 1944, e com a edição *Cantos: coleção de poesias*, de 1857, da editora alemã F. A. Brockhaus.

Organização

Márcia Lígia Guidin

editora ática

Poesia lírica e indianista

gerente editorial Fabricio Waltrick
editora Lavínia Fávero
coordenadora de revisão Ivany Picasso Batista
revisão Alessandra Miranda de Sá e Bárbara Borges
editoras assistentes Carla Bitelli e Fabiane Zorn

arte
imagem da capa *À lembrança do monza de meu irmão*, 2008, obra de Bruno Miguel
projeto gráfico Fabricio Waltrick e Luiz Henrique Dominguez
editor Vinicius Rossignol Felipe
diagramadora Thatiana Kalaes
editoração eletrônica Luiz Henrique Dominguez

CIP-BRASIL. CATALOGAÇÃO NA FONTE
SINDICATO NACIONAL DOS EDITORES DE LIVROS - RJ

D532p
2.ed.

Dias, Gonçalves, 1823-1864
Poesia lírica e indianista / Gonçalves Dias ; organização Márcia Lígia Guidin. - 2.ed. - São Paulo : Ática, 2010.
232p. - (Bom Livro)

Apêndice
Inclui bibliografia
ISBN 978 85 08 12693-4

1. Poesia brasileira. I. Guidin, Márcia Lígia. II. Título. III. Série.

09-3766. CDD: 869.91
CDU: 821.134.3(81)-1

ISBN 978 85 08 12693-4 (aluno)
CAE: 250106
Código da obra CL 736794

2014
2ª edição
1ª impressão
Impressão e acabamento: Prol Editora Gráfica

Av. Otaviano Alves de Lima, 4400 | CEP 02909-900 | São Paulo | SP
Atendimento ao cliente: 4003-3061 | atendimento@atica.com.br
www.atica.com.br | www.atica.com.br/educacional

Sumário

GONÇALVES DIAS: POETA DO BRASIL

Márcia Lígia Guidin

Doutora em Literatura Brasileira pela Universidade de São Paulo (USP), professora universitária e editora.

Minha terra tem palmeiras,
Onde canta o Sabiá;
As aves, que aqui gorjeiam,
Não gorjeiam como lá.

Você certamente já leu ou ouviu os versos acima. Tais versos iniciam um famoso poema, chamado "Canção do exílio", escrito em 1843 pelo poeta maranhense Gonçalves Dias, que na época tinha 20 anos e estudava em Coimbra, Portugal. Mais do que o interessante fato de o poeta ser tão jovem, não é incrível que este poema ainda esteja na lembrança de tantas pessoas há mais de 150 anos? Por que, se já não somos tão nacionalistas, se já não nos preocupamos tanto com nossas palmeiras e nossos sabiás?

O fato de esses versos persistirem em nossa memória justifica sua imortalidade na literatura brasileira e revela muitas coisas sobre o estilo e o valor do poeta que os escreveu.

O grande segredo desse poema (e de tantos outros do autor) é que o tema do amor à pátria é manifestado com palavras simples e muito precisas, num ritmo perfeitamente adequado à emoção que a saudade da pátria lhe inspirou.

São muitos os estudos sobre esse poema e os críticos são unânimes: ele é fruto de inspiração excelente de quem conhecia a língua e seus recursos poéticos, não só através da escola ou da gramática, mas pela leitura e grande convívio com outros poetas clássicos e modernos. Só esse trabalho

Página oposta: o poeta Antônio Gonçalves Dias.

já confirma o talento de Gonçalves Dias, que soube aproveitar toda a liberdade para escrever — grande conquista dos poetas românticos. Entretanto, o autor não abriu mão completamente dos valores anteriores ao romantismo, que tinham certas regras de criação as quais davam elegância e equilíbrio aos versos.

Essa associação intuitiva entre velho e novo deu tão certo, em toda sua obra, que Gonçalves Dias é considerado um dos fundadores da nossa literatura nacional romântica, o grande poeta de sua geração e um dos maiores que o Brasil já teve.

Antônio Gonçalves Dias nasceu no sítio Boa Vista, perto da cidade de Caxias, no Maranhão, em 1823. Era filho natural de uma mestiça, Vicência Mendes Ferreira, com o português João Manuel Gonçalves Dias. Logo após seu nascimento, seu pai fugiu sozinho para Portugal, a fim de escapar da perseguição que muitos portugueses vinham sofrendo no Brasil depois da Independência: havia em todo o novo país um sentimento antilusitano muito forte. Quando o pai do poeta voltou a seus negócios no Maranhão, abandonou Vicência e lhe tomou o menino, que seria criado pela madrasta, Adelaide Ramos de Almeida.

Como a família era relativamente abastada, o pai, preocupado com a educação de Gonçalves Dias, decidiu mandá-lo estudar em Portugal. Mas João Manuel morreu antes de o jovem, então com 15 anos, poder embarcar. Somente um ano depois seguiu para Coimbra, onde amadureceria seu gênio poético e escreveria muitos de seus mais famosos poemas.

Em 1845, com problemas financeiros, a madrasta pediu ao enteado que voltasse ao Maranhão. Ele ainda ficou algum tempo com amigos, mas acabou retornando sem concluir a faculdade e, no ano seguinte, mudou-se para o Rio de Janeiro, cidade na qual passou a dar aulas. Somente então pôde custear do próprio bolso a edição de *Primeiros cantos*, publicada em 1847.

As críticas foram muito favoráveis. Falava-se do poeta na rua do Ouvidor, onde se reunia a intelectualidade brasileira da época, e em alguns jornais. Ele recebeu elogios até de Alexandre Herculano — famoso escritor romântico português — através de um artigo publicado em 1847, em um jornal de Lisboa.

Gonçalves Dias logo teve consciência de seu papel para nosso país, no que se referia à possibilidade de criar um viés literário rigorosamente brasileiro, ou seja, sedimentar nosso elemento diferencial e típico, que seria a "sua" figura do índio. Aliás, o poeta maranhense, imbuído do sentimento nacionalista dos primeiros românticos, fazia muito empenho em ser "o primeiro poeta do Brasil". Não foi sem alarde que, ao republicar os *Primeiros cantos*, em 1848, mandou reproduzir no livro o extenso elogio recebido de Herculano. Num trecho, o romancista português dizia:

> Os *Primeiros cantos* são um belo livro; são inspirações de um grande poeta. A terra de Santa Cruz, que já conta outros do seu seio, pode abençoar mais um ilustre filho. [...]
>
> Quiséramos que as "Poesias americanas" que são como o pórtico do edifício ocupassem nele maior espaço...
>
> Esse Novo Mundo que deu tanta poesia a Saint-Pierre e a Chateaubriand é assaz rico para inspirar e nutrir os poetas que cresceram à sombra das suas selvas primitivas.

Possível falta de modéstia à parte, o poeta fez o que seu senso de missão nacionalista mandara: havia tomado como fonte de inspiração o elemento mais autêntico, no entender da maioria dos intelectuais da época, de nosso espírito brasileiro. Para eles, ser poeta brasileiro era apresentar o país, suas raízes, sua natureza e, sobretudo, construir um imaginário romântico que remontasse às nossas origens.

Se uma das grandes qualidades de Gonçalves Dias foi aliar, em sua obra, a habilidade técnica aos temas de que tratava, outra foi a incrível imaginação criadora, crescente obra após obra, que o transformou num dos maiores poetas do romantismo no país, cumprindo assim seu grande projeto romântico. Imaginação criadora não é tão fácil nem automática: é a capacidade de o poeta ser original ao compor temas e situações, e conseguir dar-lhes tratamento literário adequado. E essa qualidade é a que logo

Fotomontagem em homenagem a Gonçalves Dias, feita por Ângelo Agostini para o periódico *Vida Fluminense*, em 1882.

foi percebida por Herculano e pelos críticos brasileiros da época.

Entre outros poetas (mesmo romancistas) do início de nosso romantismo, Gonçalves Dias foi o mais ousado e original. Por isso, sua lírica serviu de modelo e inspiração para os poetas que vieram depois. Há, por exemplo, muitas outras "canções de exílio" criadas por autores importantes, como Casimiro de Abreu, também romântico e seu contemporâneo, ou pelos poetas do século XX, como Oswald de Andrade, Carlos Drummond de Andrade, Murilo Mendes. Mas nenhuma é tão famosa quanto a original. Até no nosso Hino Nacional há alguns versos dela retirados.

Chico Buarque e Antônio Carlos Jobim também recriaram o tema da saudade da pátria em "Sabiá", quando dizem:

> Vou voltar
> Sei que ainda vou voltar
> Para o meu lugar
> Foi lá e é ainda lá
> Que eu hei de ouvir cantar
> Uma sabiá.

O espírito romântico dos poetas brasileiros e a cor local

Morando no Rio de Janeiro, Gonçalves Dias ganhava a vida como professor de latim e de história. Em 1849 passou a lecionar no famoso Colégio Pedro II, criado para educar os filhos da rica burguesia carioca. O poeta lia muito e fazia variados estudos históricos e etnográficos sobre índios. Maranhense que era, concentrou-se nas tribos litorâneas das regiões norte e nordeste do Brasil, embora sua obra épico-indianista também acabasse criando mitos indígenas do litoral sul do país. Na verdade, todo o imaginário silvícola do Brasil litorâneo lhe serviria de inspiração para a construção da figura nacional nas suas "Poesias americanas".

Litografia da fachada do colégio Pedro II, de 1856, feita por Bertichem.

Como tinha muitos projetos literários em mente, ficava horas e horas estudando na Biblioteca Nacional e estava sempre disponível para participar de estudos do governo e comissões de pesquisa. Houve até quem o chamasse de oportunista, pois sempre conseguia trabalho dessa forma. Em 1849 publica, na revista *Beija-Flor*, o belo e polêmico poema "Leito de folhas verdes", no qual valores amorosos universais se estruturam com a paixão saudosa de uma índia por seu esposo ausente (p. 69).

Para melhor compreendermos Gonçalves Dias, sua produção literária, suas características e os temas originais que abordou, precisamos considerar o Brasil após a proclamação da Independência. Depois de 1822, éramos livres, uma nova nação soberana. Aqui se instalava, em hora e lugar muito adequados, o espírito romântico: libertário, moderno, individualista, que, entre outras características, procurava tudo o que era novo, único, particular, diferente e específico de cada nação e de cada ser. Aliás, revelar isso na poesia era uma das grandes missões dos poetas românticos, fossem europeus ou americanos. Para tanto, escritores recorriam ao que estava esquecido, ao que era exótico, como os tempos da catequese e a colonização. Daí o furor com que todos se debruçaram sobre as invenções, a ênfase que davam à inspiração, e a consciência de que tinham uma vocação superior, quase mediúnica.

Os poetas românticos, mais que os romancistas, consideravam-se portadores de uma missão de beleza, de liberdade e de justiça naquele mundo moderno, que eles pensavam ver melhor que os outros mortais, pois se sentiam quase divindades. Veja o que diz Gonçalves de Magalhães, que é considerado o iniciador da poesia romântica no Brasil:

> Não, oh mortais, não vos pertenço, (exclama),
> Eu sou órgão de um Deus; um Deus me inspira;
> Seu intérprete sou; oh! terra, ouvi-me[1]

Gonçalves Dias, como vimos, também acreditava nisso. E esse senso de missão justifica a ansiedade de criação lírica dos poetas. Podemos nos perguntar, entretanto, se o maranhense participa totalmente desse espírito de transbordamento, desse individualismo exacerbado. Pois até nesse aspecto Gonçalves Dias se distingue de seus contemporâneos: ele sentia a grande missão de ser "vate", o primeiro poeta da nação, mas não se deixou levar por desequilíbrios e excessos.

Na verdade, toda a sua obra se sustenta numa espécie de contradição muito interessante. Seus poemas têm ao mesmo tempo um equilíbrio clássico (anterior ao romantismo; neoclássico, portanto) e a nova liberdade poética do espírito romântico que, cheio de inspiração, rejeita regras e cria seus próprios modelos e versos. Veja como o poeta confirmava sua missão no poema "O vate"[2] (p. 132), de *Primeiros cantos*:

> Vate! vate! que és tu? — Nos seus extremos
> Fadou-te Deus um coração de amores,
> Fadou-te uma alma acesa borbulhando
> Ardidos pensamentos, como a lava
> Que o gigante Vesúvio arroja às nuvens.

Ou como diria no poema "A tempestade" (p. 181), do livro *Líria vária*:

---

1 Apud Candido. Antonio. *Formação da literatura brasileira*, v. 2, p. 27. Trecho de *Suspiros poéticos e saudades*. (N.O.)

2 **vate**: aquele que faz vaticínios; profeta, adivinho. Por extensão, sinônimo de poeta, aquele que faz versos – também é um vate, pois enxerga além do que veem os homens comuns. (N.O.)

Não solta a voz canora
No bosque o vate alado,
Que um canto d'inspirado
Tem sempre a cada aurora;
É mudo quando habita
Da terra n'amplidão.
A coma então luzente
Se agita do arvoredo,
E o vate um canto a medo
Desfere lentamente,
Sentindo opresso o peito
De tanta inspiração.

Para os novos escritores brasileiros (e não mais "portugueses do Brasil") era preciso, além da missão universal do poeta, que se criasse, na literatura, a cor local brasileira, a verdadeira identidade de nossa nação para confirmar as bases do orgulho nacional.

Mas qual seria nossa identidade brasileira? — perguntavam e debatiam os intelectuais no país. Não éramos ainda o "país do carnaval" ou o "país do futebol", tal como somos vistos hoje. Que elemento nos distinguiria das nações europeias (sobretudo de Portugal, metrópole da qual nos libertáramos) e nos daria uma feição própria, só nossa, diante de outras nações?

Naquele mundo moderno, os poetas sabiam que o artista romântico não era mais protegido pelos nobres, tinha de se entregar ao mundo individualmente, com originalidade, construir sua própria carreira, sua obra, seu destino. E Gonçalves Dias, mesmo sem se envolver em polêmicas intelectuais (e eram muitas, num país tão novo), indagava-se também como seria possível unificar, na literatura, os habitantes do país sob um símbolo de "povo brasileiro".

Consciente e lúcido, o poeta encontrou sua própria resposta para a identidade brasileira: descrever costumes, paisagens, fatos, sentimentos nacionais seria, de fato, libertação e patriotismo — daí as palmeiras e os sabiás. E também trazer para a poesia elementos que antes não eram considerados dignos de nela figurarem, como velhos, negros, mendigos e mestiços.

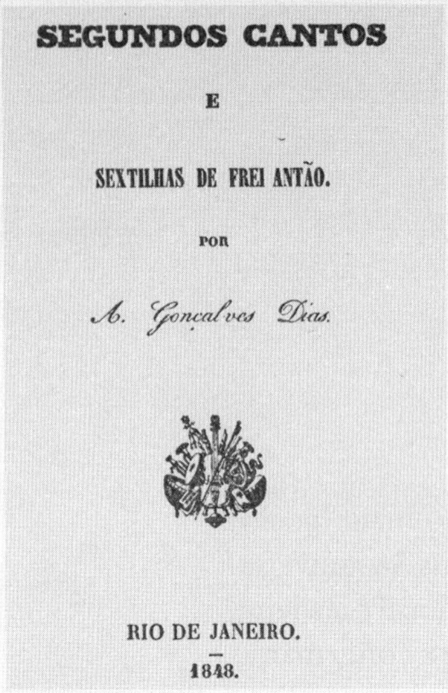
SEGUNDOS CANTOS

E

SEXTILHAS DE FREI ANTÃO.

POR

A. Gonçalves Dias.

RIO DE JANEIRO.

1848.

Frontispício da primeira edição de *Segundos cantos*.

Entusiasmado com os elogios às primeiras publicações, a rápida celebridade e a fama de grande estudioso de história, o poeta conseguia publicar *Segundos cantos* e as *Sextilhas do frei Antão*, ambos em 1848. Em 1851, publicava *Últimos cantos*. Gonçalves Dias mantinha a certeza de que "ainda que se menosprezasse a metrificação, os versos tinham de ser acomodados a todos os tons, como instrumento harmonioso", como já dizia na introdução de *Segundos cantos*. Isto significa que este nordestino sabia, como poucos outros, aproveitar a liberdade criadora que o romantismo trazia para a poesia.

O indianismo de Gonçalves Dias

A partir de *Primeiros cantos*, as publicações de Gonçalves Dias trariam o conjunto de poemas que ele chamaria, daí por diante, sempre pelo nome "Poesias americanas". Nesse conjunto entraram os poemas nacionalistas, como "Canção do exílio", e quase toda sua obra indianista. (Dissemos *quase* porque o poeta deixou poemas póstumos e publicou outros avulsos, como a grande obra "Os Timbiras".) Foram esses poemas americanos que vieram a dar um caráter particular e profundamente nacional à literatura feita em todo o Brasil nos anos 1830-1860.

O índio, para todos os intelectuais que a ele recorreram, representava o registro mais adequado das nossas origens, que jamais poderia assentar-se nos povos lusitanos, de quem nos libertávamos com sentimentos de rejeição profunda. Tampouco deveriam ser buscadas nos escravos, que, além de virem de terras tão longínquas e exóticas, tinham-se deixado escravizar facilmente. Assim, a "cor local", que precisava ser criada pelos poetas, passaria necessariamente pelo selvagem, solução mais óbvia na busca do específico brasileiro, como diz Antonio Candido[3].

A propósito, é bom lembrar que a figura do índio brasileiro não foi descoberta por Gonçalves de Magalhães[4] nem por Gonçalves Dias nem por José de Alencar, que viria a escrever os romances *Iracema*, *Ubirajara* e *O Guarani*. O índio já tinha sido usado como símbolo nacional desde o tempo de dom João VI. Mas foi no romantismo que se fixou sua representação na literatura com a estatura de grande herói mitológico. Fora o escritor francês François-René de Chateaubriand o primeiro a criar uma obra, chamada *Atala*, falando do índio americano; sua influência será grande em Gonçalves Dias.

Em *Caça ao tigre*, litografia do pintor holandês Johann Moritz Rugendas, de 1835, o índio é retratado como um selvagem forte, bravo e destemido.

3 Op. cit., v. 2, p. 18. (N.O.)

4 Gonçalves de Magalhães fundou a revista *Niterói* em 1836 e, em 1857, publicou "A Confederação dos Tamoios", poema épico indianista muito criticado por José de Alencar nas famosas *Cartas sobre a Confederação dos Tamoios*. (N.O.).

Assim, descoberto pelos franceses, mas impulsionado pelas mãos de Gonçalves Dias e de outros brasileiros, o índio se transfigurou na nacionalização do cavaleiro medieval europeu. O espírito romântico de Gonçalves Dias instalou o indígena num paraíso — a terra brasileira litorânea maranhense, de modo geral —, paraíso esse que seria destruído pelos europeus invasores (não só portugueses, mas franceses e holandeses). Ou seja, o poeta, em toda sua obra, vai contrapor vigorosamente ao mundo europeu — agressivo, destruidor, sem valores morais rígidos — o mundo puro e perfeito da América.

Em todos os seus poemas americanos, a pureza, a força natural e a beleza serão ingredientes da superioridade dos povos da América sobre os da Europa. O mito do paraíso invadido será desenvolvido com vigor nos seus melhores poemas, e são muitos os momentos em que essa postura "política" se apresenta. Em "Os Timbiras", no canto terceiro, o poeta escreve:

> América infeliz! — que bem sabia,
> Quem te criou tão bela e tão sozinha,
> Dos teus destinos maus! Grande e sublime
> Corres de polo a polo entre os dois mares
> Máximos do globo: anos da infância
> Contavas tu por séculos! que vida
> Não fora a tua na sazão das flores!
> Que majestosos frutos, na velhice,
> Não deras tu, filha melhor do Eterno;
> América infeliz, já tão ditosa
> Antes que o mar e os ventos não trouxessem
> A nós o ferro e os cascavéis da Europa?!

Pode-se dizer que a boa marca que diferencia o indignado espírito poético de Gonçalves Dias do de outros indianistas se resume na estrofe acima, que já estava presente nos seus primeiros poemas, como "O canto do Piaga", "O canto do índio", "O canto do guerreiro". A traição, a perda da terra e da liberdade neste paraíso reapareceriam também na luta heroica do cacique Tabira, no bonito poema de mesmo nome (p. 54). O vocábulo *grilhões* na obra do poeta maranhense será sempre empregado para indicar indignação, assim como a perda da vida bela e livre será sempre culpa dos invasores.

O índio na cultura letrada

A gravura em cobre, de autoria de Theodore de Bry, mostra um ritual canibal em tribo indígena brasileira. Ela é uma das ilustrações do relato da viagem de Hans Staden ao Brasil, em 1592.

Alguns dos problemas que a intelectualidade brasileira discutia eram: Como cantar o índio e a América? Do ponto de vista intelectual e aculturado? Como falar dele sem ser índio ou com tantas imprecisões, já que havia tão poucos estudos etnográficos em que os escritores pudessem apoiar-se? José de Alencar, que também falou de índios em alguns romances, expõe suas convicções:

> [...] se algum dia fosse poeta, e quisesse cantar a minha terra e suas belezas, se quisesse compor um poema nacional, pediria a Deus que me fizesse esquecer por um momento as minhas ideias de homem civilizado.
>
> Filho da natureza embrenhar-me-ia por essas matas seculares; contemplaria as maravilhas de Deus, veria o sol

> erguer-se no seu mar de ouro, a lua deslizar-se no azul do céu; ouviria o murmúrio das ondas e o eco profundo e solene das florestas[5].

É claro que um escritor que vem de expressiva cultura letrada não tem como abrir mão de sua formação e transformar-se em índio, como queria Alencar. Mas Gonçalves Dias fez um grande esforço para transmitir os sentimentos indígenas, de tal modo que a sua poesia saísse com a naturalidade do sentimento de um nativo.

Um dos melhores exemplos do efeito lírico original que ele obtém está, por exemplo, na alternância de ritmos de "I-Juca-Pirama", em que as falas dos personagens (o jovem guerreiro, o pai, o cacique inimigo) reproduzem, no ritmo marcado do verso tecnicamente perfeito, seu estado de espírito.

O indianismo criado por Gonçalves Dias será muito particular porque a imagem do mito desse herói se amplia a partir da cultura erudita conquistada em Coimbra. Ou seja, os temas mais tradicionais da poesia em língua portuguesa, além de estarem na sua poesia lírica, serão adaptados ao cenário americano e ao que o poeta idealiza como personalidade indígena. Ao mesmo tempo que o poeta contempla um conjunto de valores indígenas imaginário (heroísmo pela tribo, coragem para a morte, lealdade ao pai e à nação, etc.), traz para a selva atributos morais dos brancos civilizados (honra, coragem, determinação). É por isso que os críticos dizem que "lenda, invenção e história" fundem-se com preciosidade na poesia nacionalista-indianista deste poeta.

A imprecisão histórica (já que pouco se sabia, de fato, do indígena) alimentou bastante as polêmicas da época. Embora muitos professores fizessem pesquisas, como era o caso de Gonçalves Dias, e estudassem as poucas obras que havia sobre a colonização, escritores deixavam a imaginação criadora muitas vezes falar alto demais. Muitos criticavam o excessivo empenho em transformar o índio

---

5 Alencar, José. *Cartas sobre a Confederação dos Tamoios*. In: *Obra completa*, Rio de Janeiro: Aguilar, 1959, v. 4, p. 855. (N.O.)

em "cavaleiro de capa e espada". O historiador João Francisco Lisboa, por exemplo, sempre fazia referências irônicas a Gonçalves Dias:

> Um poeta no primeiro ardor de sua imaginação ainda virgem, e longe da pátria ausente, cantou, envernizou, amenizou, poetizou enfim os costumes ingênuos, as festas... E eis aí todo o mundo a compor-se [...] aturdindo-nos em prosa e verso com tabas, muçuranas, janúbias e maracás[6].

A crítica grave à europeização do índio é fácil de se compreender, em virtude do rigoroso nacionalismo que regia o romantismo no Brasil. Mas, no caso de Gonçalves Dias, seu índio não é mais autêntico pela circunstância de ser "mais índio", mas por fazer parte de uma obra mais bem elaborada técnica e tematicamente, como diz Antonio Candido[7]. Deve-se considerar também que, ao eleger o índio como símbolo de nossa nacionalidade, muitos escritores vão repensar o doloroso confronto cultural entre o branco e o selvagem — que sempre teve lugar nas discussões intelectuais europeias — e que Gonçalves Dias retoma melhor que a maioria de seus contemporâneos.

Na verdade, as diferenças de culturas tinham sido discutidas já na época do Descobrimento, no século XVI. O pensador a quem muito preocuparam essas questões (e que volta a ser relido no romantismo do século XIX) foi Michel de Montaigne (1533-1592), filósofo francês que viveu, como outros de sua época, o impacto inicial do descobrimento das Américas. Num conhecido ensaio chamado "Dos Canibais", Montaigne considerou o europeu muito pretensioso por julgar bárbaro tudo que se afastava de seus próprios costumes. Numa famosa frase dizia: "Cada qual considera bárbaro o que não se pratica em sua terra".

Esta postura de um grande pensador, que vivera o choque dos descobrimentos, serviu (e muito) aos românticos defensores da imaginada pureza indígena[8]. Tal discussão,

---

6 Apud Candido, Antonio. Op. cit., v. 2, p. 81.

7 Idem. Op. cit., v. 2, p. 85.

8 Foram muito populares entre os românticos, além de Michel de Montaigne, *Viagem à terra do Brasil* (1534), de Jean de Léry, e *Meu cativeiro entre os selvagens do Brasil* (1557), de Hans Staden.

com propósitos variados, ultrapassa o romantismo do século XIX e vai parar, por exemplo, na poesia rebelde de Oswald de Andrade, no início do modernismo do século XX:

> Erro de português
>
> Quando o português chegou
> Debaixo duma bruta chuva
> Vestiu o índio
> Que pena!
> Fosse uma manhã de sol
> O índio tinha despido
> O português[9].

Diferentemente desse novo índio de Oswald ou dos grandes guerreiros de Gonçalves Dias, o herói indígena no romantismo brasileiro nem sempre era mostrado como um indomável. Se nos dispusermos a comparar tais heróis, é fácil verificar que o mundo de José de Alencar era mais conservador que o de Gonçalves Dias, pois seus heróis — belos, livres e fortes — estavam "modelados num regime de combinação com a franca apologia do colonizador", como aprendemos com Alfredo Bosi[10]. O índio de Alencar entrará em comunhão com os colonizadores (é o caso de Peri, Iracema), a eles adaptando sua vida e seus sentimentos; enquanto isso, os índios de Gonçalves Dias reagem e lutam contra eles. As cenas de lutas criadas pelo poeta mostram claramente o destino atroz que tiveram as tribos brasileiras. Essa marca mais "realista" do conflito das civilizações fez crescer seu trabalho; por isso seus heróis são mais trágicos — como se o destino deles trouxesse ao poeta a necessidade (romântica e idealizada) de tornar seus guerreiros mais agigantados. Junte-se a essa receita a alta qualidade técnica, a adequação de metros e ritmos ao sentimento dos personagens, e o herói aparecerá sempre soberbo nas lutas, na busca de sobrevivência e no amor.

---

9 "Poemas menores" (1925). In: *Poesias reunidas*, São Paulo: Civilização Brasileira, 1974, v. 7. (N.O.)

10 *Dialética da colonização*. Cap. 6, p. 176. (N.O.)

O grande amor do poeta e a temática lírica

Como docente do Colégio Pedro II e membro ativo do Instituto Histórico e Geográfico, criado pelo imperador Pedro II, Gonçalves Dias foi designado, em 1851, para avaliar a escolarização nas províncias do Norte. Volta, por isso, ao Maranhão, onde se apaixona perdidamente por uma moça, que havia conhecido menina, e que era prima de seu grande amigo Alexandre Teófilo. Ana Amélia Ferreira do Vale, mais nova que o poeta, seria para sempre seu grande amor. Namorou-a e a pediu em casamento no final de 1851, mas a mãe da moça recusou o pedido. Embora a moça o amasse, e fosse o poeta, aos 28 anos, um nome famoso em todo o Brasil, a união não se realizaria. Pouco tempo depois, ambos se casavam com outras pessoas.

Muitos anos depois dessa recusa, Gonçalves Dias, cada vez mais famoso e trabalhando no exterior, ainda se ressentia de seu destino amoroso, como mostram muitas cartas e os poemas publicados na época ("Se se morre de amor!", "Desejo", "Seus olhos", "Ainda uma vez — Adeus!"), além de outros, que ficaram póstumos ("Oh! Que acordar!", "Se muito sofri já, não mo perguntes", "No jardim!", "A baunilha", "Se te amo, não sei!", "Como! És tu?"). Para sermos justos com o poeta, devemos lembrar que, além de seu vigoroso indianismo, sua poesia lírico-amorosa teria altíssimos momentos de realização artística. Não que ela fosse tão original como a indianista; na verdade, era semelhante à de outros grandes poetas da época, brasileiros ou europeus. Mas a técnica e a cultura letrada aliavam-se aos sentimentos pessoais de forma competente. Havia quem dissesse (um pouco ironicamente) que o sofrimento era o melhor alimento para a melancolia com que o maranhense compunha sua obra lírica. De seus melhores poemas emerge a revelação de que o amor verdadeiro é único e eterno, por isso a insuperável tristeza trazida pela não realização amorosa.

Em 1852, Gonçalves Dias casa-se com Olímpia, filha de um médico do Rio de Janeiro, e, em 1854, muda-se com a mulher para Paris. Olímpia estava grávida da única filha que tiveram, e que morreria dois anos depois. Essa filha, que já nascera doente, recebeu o nome da irmã do poeta, Joana, e mereceu alguns versos muito belos, como "*Au revoir*", escritos logo após sua morte, e "Estâncias", em que o poeta compara de forma muito bonita o luto civilizado com o luto dos indígenas. Nessa época, numa viagem que fez a Lisboa, encontrou-se por acaso com seu antigo amor, Ana Amélia, que também estava casada e morava nessa cidade. O encontro foi devastador para o poeta, e inspirou o famoso poema "Ainda uma vez — Adeus!".

A representação amorosa encontra um lugar sempre melancólico na construção do mundo lírico de Gonçalves Dias. Os motivos (biográficos ou não) são os mesmos da tradição romântica europeia: saudade, impossibilidade amorosa, ciúme e desejo. Mas ganham um aspecto particular: a solidão. O amor, seja na corte, seja transportado para o cenário quase perfeito da floresta americana, é de impossível realização e por isso traz a solidão. O eu lírico lamenta a distância provocada pelas diferenças ou pelos trágicos impedimentos do destino, como vemos no final de "Ainda uma vez — Adeus!" (p. 160):

XVII
Adeus qu'eu parto, senhora;
Negou-me o fado inimigo
Passar a vida contigo,
Ter sepultura entre os meus;
Negou-me nesta hora extrema,
Por extrema despedida,
Ouvir-te a voz comovida
Soluçar um breve Adeus!

XVIII
Lerás porém algum dia
Meus versos, d'alma arrancados,
D'amargo pranto banhados,
Com sangue escritos; — e então
Confio que te comovas,
Que a minha dor te apiade,
Que chores, não de saudade,
Nem de amor, — de compaixão.

Na verdade, o poeta, o eu lírico e seus índios amam intensamente e com a mesma sensação amarga da impossibilidade. Havia, como dissemos, quem ironizasse a transferência da intensidade amorosa para a vida dos índios. Mas o que poderia ser um deslocamento ingênuo tem muita coerência: se a criação do índio faz dele um herói, tem-se de atribuir a ele também grande vigor de sentimentos que o sustentam e justificam sua conduta ética e moral. Amor apaixonado, sofrimento e guerra são, afinal, temas irmãos, que estariam sempre juntos neste universo poético.

O fim da vida

Depois da morte da filha, Olímpia se estabeleceu no Rio de Janeiro. O poeta, que não tolerava viver com a mulher, estava sempre viajando a trabalho. Nessa época, apesar de seu salário e das comissões de viagens das quais participava, vivia precariamente.

Em dezembro de 1862, sentia-se bastante doente. Desde jovem sofria de reumatismo, e, aos 40 anos, estava bem fraco; dizia-se até que tinha sífilis. Como um médico o aconselhara a ir para a Europa em busca de alívio no clima mais frio, buscava trabalho em viagens. Todos no Brasil sabiam da precariedade de sua saúde.

Nesse mesmo ano, correu indevidamente no Brasil a notícia de que teria morrido ao chegar em Paris. Houve notícias nos jornais, elogios fúnebres do imperador Pedro II e grande abalo social. Dois meses depois foi desmentida a notícia e o poeta mandava um recado dizendo que "nunca iria morrer". Mas prosseguia doente: sofria de uma inflamação grave na garganta, provavelmente um câncer, que lhe tirou a fala. Vários médicos na Europa tratavam dele, que já estava muito fraco e não saía mais de casa. Ainda assim, passou por um último sofrimento, pois foi afastado de seu emprego no ano seguinte.

Em 1864, sem salários a receber, decide voltar ao Brasil, sabendo que logo morreria. Compra uma cabine no velho navio Ville de Boulogne, que vinha para o Maranhão. Já não conseguia falar nem se alimentar. E o destino desse grande poeta foi mais uma vez muito triste. O navio em que retornava à pátria naufragou nas costas do Maranhão e seu corpo nunca foi encontrado. Considerando esse fim tão trágico, é impossível não nos lembrarmos de um de seus primeiros versos sem ver neles uma certa profecia:

Vista de São Luís do Maranhão, de 1863, feita por Giuseppe Leone Righini.

Não permita Deus que eu morra,
sem que eu volte para lá;
[...]
Sem qu'inda aviste as palmeiras,
Onde canta o Sabiá.

A obra deste poeta, em que os índios foram os primeiros brasileiros nesta terra, em que tanto se canta o amor e a saudade, está recoberta de solidão, heroísmo, rituais e violências — elementos essenciais para unir à imaginação essencialmente romântica o espírito brasileiro. Sua imaginação criou um mundo especial, esforço de seleção de temas e achados poéticos, ao mesmo tempo particulares e universais. Pensando bem, talvez sua vida sofrida e dedicada também caiba nestes famosos versos que um pai diz ao filho, no poema "Canção do Tamoio" (p. 91):

Não chores, meu filho;
Não chores, que a vida
É luta renhida:
Viver é lutar.
A vida é combate,
Que os fracos abate,
Que os fortes, os bravos,
Só pode exaltar.

Poesia lírica e indianista

NOTA SOBRE O TEXTO

Esta seleção de poemas foi cotejada com a edição crítica de *Obra poética de Gonçalves Dias*, organizada por Manuel Bandeira para a Companhia Editora Nacional, em 1944, e com a edição *Cantos: coleção de poesias*, de 1857, da editora alemã F. A. Brockhaus (impressa em Leipzig), considerada a primeira edição reunida de todos os *Cantos* de Gonçalves Dias.

A organizadora.

POESIA INDIANISTA E NACIONALISTA

Poesias americanas

O poeta chamou de "Poesia americana" todo o conjunto de seus poemas indianistas e nacionalistas que foram encaixados nos livros de poesia que chamou *Cantos*; a poesia americana principal se encontra em *Primeiros cantos* e em *Últimos cantos*.

Les infortunes d'un obscur habitant des bois auraient-elles moins de droits à nos pleurs que celles des autres hommes?
CHATEAUBRIAND*

* O excerto pode ser traduzido como: "Os infortúnios de um obscuro habitante dos bosques mereceriam menos lágrimas nossas do que os de outros homens?"; **Chateaubriand**: François-René, visconde de Chateaubriand (1768-1848), foi um escritor pré-romântico francês.

COMENTÁRIO CRÍTICO

O poema foi escrito em 1843; Gonçalves Dias estava com 20 anos e estudava em Coimbra, Portugal. Segundo os críticos, este poema é seu passaporte para a imortalidade. Há algo de perfeito na musicalidade obtida com a escolha das palavras em ritmo com versos de sete sílabas (redondilhas maiores). Uma das características mais instigantes é o fato de não haver no poema a presença de adjetivos e, ainda assim, ele ser um hino de louvor à pátria e a sua natureza. Diz-se que, se for traduzido para outra língua, perde sua musicalidade, e que, se declamado com o "sotaque" de Portugal, perderia o encanto. O tema do poeta exilado em terra distante (o lá e o cá) será sempre retomado em nossa literatura a partir de então.

Canção do exílio

Kennst du das Land, wo die Citronen blühen,
Im dunkeln die Gold-Orangen glühen,
Kennst du es wohl? — Dahin, dahin!
Möcht ich... ziehn.
GOETHE*

Minha terra tem palmeiras,
Onde canta o Sabiá;
As aves, que aqui gorjeiam,
Não gorjeiam como lá.

Nosso céu tem mais estrelas,
Nossas várzeas têm mais flores,
Nossos bosques têm mais vida,
Nossa vida mais amores.

Em cismar, sozinho, à noite,
Mais prazer encontro eu lá;
Minha terra tem palmeiras,
Onde canta o Sabiá.

Minha terra tem primores,
Que tais não encontro eu cá;
Em cismar — sozinho, à noite —
Mais prazer encontro eu lá;
Minha terra tem palmeiras,
Onde canta o Sabiá.

Não permita Deus que eu morra,
Sem que eu volte para lá;
Sem que desfrute os primores
Que não encontro por cá;

---

* O excerto pode ser traduzido como: "Conheces o país onde florescem os limões, / Onde na escura folhagem brilham as laranjas de ouro, / Conheces? Para lá, para lá! / Queria eu... migrar"; **Goethe**: poeta e romancista, Johann Wolfgang von Goethe (1749-1832) foi o líder do movimento inicial do romantismo alemão – e seu maior representante. (N.O.)

Sem qu'inda aviste as palmeiras,
Onde canta o Sabiá.

Coimbra — Julho de 1843

COMENTÁRIO CRÍTICO

O poema a seguir é um dos mais populares do poeta maranhense por causa do ritmo ágil, obtido com versos curtos e linguagem precisa. O canto do guerreiro é dito em voz solene, por quem demonstra autoridade ao falar de si, de seu heroísmo e de sua nação – elementos que se unem num só sentimento. Há uma espécie de plateia para esse discurso ("Ouvi-me, Guerreiros"), um recurso retórico admirável, imaginado pelo poeta para dar mais grandiosidade ao discurso. Nessa fala heroica, o mundo do trabalho (caça e guerra) é valorizado para revelar a superioridade do homem silvícola sobre os animais e sobre os inimigos. A capacidade de liderança – típica do verdadeiro herói –, aqui revelada, é um dos principais atributos dos índios de Gonçalves Dias. Uma das características que ultrapassam este poema e que serviu para criar a identidade nacional no romantismo é a evocação da vida em total liberdade, dedicada aos afazeres, à união com a coletividade e à preservação do sentido de nação.

O canto do guerreiro

I
Aqui na floresta
Dos ventos batida,
Façanhas de bravos
Não geram escravos,
Que estimem a vida
Sem guerra e lidar.
— Ouvi-me, Guerreiros,
— Ouvi meu cantar.

II
Valente na guerra
Quem há, como eu sou?
Quem vibra o tacape
Com mais valentia?
Quem golpes daria
Fatais, como eu dou?
— Guerreiros, ouvi-me,
— Quem há, como eu sou?

III
Quem guia nos ares
A frecha imprumada
Ferindo uma presa,
Com tanta certeza,
Na altura arrojada
Onde eu a mandar?
— Guerreiros, ouvi-me,
— Ouvi meu cantar.

IV
Quem tantos imigos
Em guerras preou?

---

2 **batida:** percorrida. (N.O.)

11 **tacape:** arma de ataque, porrete para guerra e sacrifícios. (N.O.)

18 **imprumada:** emplumada. (N.O.)

25 **imigos:** inimigos. (N.O.)

26 **preou:** aprisionou. (N.O.)

Quem canta seus feitos
Com mais energia?
Quem golpes daria
Fatais, como eu dou?
— Guerreiros, ouvi-me,
— Quem há, como eu sou?

V
Na caça ou na lide
Quem há que me afronte?!
A onça raivosa
Meus passos conhece,
O imigo estremece,
E a ave medrosa
Se esconde no céu.
— Quem há mais valente,
— Mais destro do que eu?

VI
Se as matas estrujo
Co'os sons do Boré,
Mil arcos se encurvam,
Mil setas lá voam,
Mil gritos reboam,
Mil homens de pé
Eis surgem, respondem
Aos sons do Boré!
— Quem é mais valente,
— Mais forte quem é?

VII
Lá vão pelas matas;
Não fazem ruído:
O vento gemendo

---

33 **lide**: trabalho. (N.O.)

41 **destro**: ágil. (N.O.)

42 **estrujo**: faço estremecer. (N.O.)

43 **Boré**: trombeta, flauta de notas ásperas. (N.O.)

E as matas tremendo
E o triste carpido
Duma ave a cantar,
São eles — guerreiros,
Que faço avançar.

VIII

E o Piaga se ruge
No seu Maracá,
A morte lá paira
Nos ares frechados,
Os campos juncados
De mortos são já:
Mil homens viveram,
Mil homens são lá.

IX

E então se de novo
Eu toco o Boré;
Qual fonte que salta
De rocha empinada,
Que vai marulhosa,
Fremente e queixosa,
Que a raiva apagada
De todo não é,
Tal eles se escoam
Aos sons do Boré
— Guerreiros, dizei-me,
— Tão forte quem é?

---

60 **Piaga**: pajé, sacerdote, curandeiro e vidente da tribo. (N.O.)

61 **Maracá**: chocalho sagrado feito com uma cabaça cheia de pedras no seu interior, era usado em festas e em cerimônias religiosas. (N.O.)

64 **juncados**: cobertos. (N.O.)

72 **marulhosa**: agitada. (N.O.)

COMENTÁRIO CRÍTICO

Os piagas eram sacerdotes austeros que viviam em cavernas fora das tribos. Possuíam o respeito de todos – principalmente dos caciques, que os consultavam antes de qualquer atitude guerreira – e a eles eram dedicados vários cultos. Faziam predições sobre tragédias, por meio da audição dos sons de seus maracás (chocalhos místicos que carregavam consigo) e do diálogo com espíritos, durante os sonhos. Se os piagas abandonassem a tribo ou simplesmente desaparecessem, isso significaria que grandes calamidades estariam por sobrevir àqueles povos. Essa figura mística apareceu em todas as tribos americanas, brasileiras ou não.

Com qualidade técnica indiscutível, em versos de nove sílabas, o poema a seguir nos apresenta um piaga que narra um mau presságio, numa lamentação com tom solene e espantado pelo futuro incerto de sua tribo. O piaga em questão viu um mundo invertido e assustador, no qual a coruja pia de dia e as árvores se movem sem vento. Os monstros que aparecem no seu canto simbolizam o extermínio das nações selvagens em decorrência da chegada de estrangeiros (que vêm pelo mar) para matar guerreiros, roubar as mulheres e escravizar os heróis.

O canto do Piaga

I

Ó guerreiros da Taba sagrada,
Ó guerreiros da Tribo Tupi,
Falam Deuses nos cantos do Piaga,
Ó guerreiros, meus cantos ouvi.

Esta noite — era a lua já morta —
Anhangá me vedava sonhar;
Eis na horrível caverna, que habito,
Rouca voz começou-me a chamar.

Abro os olhos, inquieto, medroso,
Manitôs! que prodígios que vi!
Arde o pau de resina fumosa,
Não fui eu, não fui eu, que o acendi!

Eis rebenta a meus pés um fantasma,
Um fantasma d'imensa extensão;
Liso crânio repousa a meu lado,
Feia cobra se enrosca no chão.

O meu sangue gelou-se nas veias,
Todo inteiro — ossos, carnes — tremi,
Frio horror me coou pelos membros,
Frio vento no rosto senti.

Era feio, medonho, tremendo,
Ó guerreiros, o espectro que eu vi.
Falam Deuses nos cantos do Piaga,
Ó guerreiros, meus cantos ouvi!

---

2 **Tupi:** maior tronco de povos indígenas no país, que se estendia de norte a sul. Há dúvidas quanto a terem sido tupis os primeiros habitantes da América do Sul. Seu dialeto, o mais rico, sugere que desse tronco vieram outros povos que viveram entre os rios Prata e Amazonas. (N.O.)

6 **Anhangá:** o diabo; gênio do mal. (N.O.)

10 **Manitôs:** deuses; forças mágicas. (N.O.)

19 **coou:** penetrou. (N.O.)

II

Por que dormes, ó Piaga divino?
Começou-me a Visão a falar,
Por que dormes? O sacro instrumento
De per si já começa a vibrar.

Tu não viste nos céus um negrume
Toda a face do sol ofuscar;
Não ouviste a coruja, de dia,
Sons estrídulos torva soltar?

Tu não viste dos bosques a coma
Sem aragem — vergar-se e gemer,
Nem a lua de fogo entre nuvens,
Qual em vestes de sangue, nascer?

E tu dormes, ó Piaga divino!
E Anhangá te proíbe sonhar!
E tu dormes, ó Piaga, e não sabes,
E não podes augúrio cantar?!

Ouve o anúncio do horrendo fantasma,
Ouve os sons do fiel maracá
Manitôs já fugiram da Taba!
Ó desgraça! ó ruína! ó Tupá!

III

Pelas ondas do mar sem limites
Basta selva, sem folhas, i vem;
Hartos troncos, robustos, gigantes;
Vossas matas tais monstros contêm.

---

32 **torva**: perturbada. (N.O.)

33 **coma**: copa das árvores. (N.O.)

40 **augúrio**: anúncio de coisas futuras. Esta era uma das principais funções do pajé. (N.O.)

42 **maracá**: chocalho sagrado usado em solenidades. (N.O.)

44 **Tupá**: Tupã, a manifestação de Deus na Terra, para os tupis. (N.O.)

46 **i**: aí. (N.O.)

47 **hartos**: grossos. (N.O.)

Traz embira dos cimos pendente
— Brenha espessa de vário cipó —
Dessas brenhas contêm vossas matas,
Tais e quais, mas com folhas; é só!

Negro monstro os sustenta por baixo,
Brancas asas abrindo ao tufão,
Como um bando de cândidas garças,
Que nos ares pairando — lá vão.

Oh! quem foi das entranhas das águas,
O marinho arcabouço arrancar?
Nossas terras demanda, fareja...
Esse monstro... — o que vem cá buscar?

Não sabeis o que o monstro procura?
Não sabeis a que vem, o que quer?
Vem matar vossos bravos guerreiros,
Vem roubar-vos a filha, a mulher!

Vem trazer-vos crueza, impiedade —
Dons cruéis do cruel Anhangá;
Vem quebrar-vos a maça valente,
Profanar manitôs, maracá.

Vem trazer-vos algemas pesadas,
Com que a tribo Tupi vai gemer;
Hão-de os velhos servirem de escravos
Mesmo o Piaga inda escravo há de ser!

Fugireis procurando um asilo,
Triste asilo por ínvio sertão;
Anhangá de prazer há de rir-se,
Vendo os vossos quão poucos serão.

---

49 **embira**: espécie de forte cipó, usado para amarrar. (N.O.)

50 **brenha**: matagal. (N.O.)

58 **arcabouço**: monstro. (N.O.)

67 **maça**: arma indígena, clava, porrete. (N.O.)

Vossos Deuses, ó Piaga, conjura,
Susta as iras do fero Anhangá.
Manitôs já fugiram da Taba,
Ó desgraça! ó ruína! ó Tupá!

COMENTÁRIO CRÍTICO

O poema seguinte fala de um índio guerreiro que se apaixona pela beleza da mulher branca; nele temos um dos vários exemplos da capacidade de o romantismo gonçalvino mostrar como o sentimento amoroso nasce e ultrapassa as fronteiras raciais. As diferenças culturais e linguísticas entre o índio e a europeia são o grande tempero da paixão: ele adora seus louros cabelos, a voz dela soa terna, mesmo sem entender sua língua. Aqui há uma hipótese incomum em outros de seus poemas indianistas: se o amor se realizasse, poderia relativizar o ódio extremo que separa o índio do invasor branco. Assim, o poema se encerra com esse desejo: caso a mulher branca aceitasse seu amor, o guerreiro apaixonado trocaria suas armas ("a maça do poder") pelas algemas dos invasores ("ferros"). Mas, se considerarmos essas duas metonímias, a maça (indígena) e os ferros (portugueses), podemos perceber que, além do tema da paixão, indiretamente o poeta também toca na política da colonização, lembrando, como em outros poemas, a futura rendição definitiva dos povos vencidos.

O canto do índio

Quando o sol vai dentro d'água
Seus ardores sepultar,
Quando os pássaros nos bosques
Principiam a trinar;

Eu a vi, que se banhava...
Era bela, ó Deuses, bela,
Como a fonte cristalina,
Como luz de meiga estrela.

Ó Virgem, Virgem dos Cristãos formosa,
Porque eu te visse assim, como te via,
Calcara agros espinhos sem queixar-me,
Que antes me dera por feliz de ver-te.

O tacape fatal em terra estranha
Sobre mim sem temor veria erguido;
Dessem-me a mim somente ver teu rosto
Nas águas, como a lua, retratado.

Eis que os seus loiros cabelos
Pelas águas se espalhavam,
Pelas águas, que de vê-los
Tão loiros se enamoravam.
Ela erguia o colo ebúrneo,
Porque melhor os colhesse;
Níveo colo, quem te visse,
Que de amores não morresse!

Passara a vida inteira a contemplar-te,
Ó Virgem, loira Virgem tão formosa,
Sem que dos meus irmãos ouvisse o canto,
Sem que o som do Boré que incita à guerra

---

13 **tacape**: arma de ataque, porrete para guerra e sacrifícios. (N.O.)

21 **ebúrneo**: alvo como marfim. (N.O.)

28 **Boré**: trombeta, flauta de notas ásperas. (N.O.)

Me infiltrasse o valor que m'hás roubado,
Ó Virgem, loira Virgem tão formosa.

Às vezes, quando um sorriso
Os lábios seus entreabria,
Era bela, oh! mais que a aurora
Quando a raiar principia.

Outra vez — dentre os seus lábios
Uma voz se desprendia;
Terna voz, cheia de encantos,
Que eu entender não podia.

Que importa? Esse falar deixou-me n'alma
Sentir d'amores tão sereno e fundo,
Que a vida me prendeu, vontade e força.
Ah! que não queiras tu viver comigo,
Ó Virgem dos Cristãos, Virgem formosa!

Sobre a areia, já mais tarde,
Ela surgiu toda nua;
Onde há, ó Virgem, na terra
Formosura como a tua?

Bem como gotas de orvalho
Nas folhas de flor mimosa,
Do seu corpo a onda em fios
Se deslizava amorosa.

Ah! que não queiras tu vir ser rainha
Aqui dos meus irmãos, qual sou rei deles!
Escuta, ó Virgem dos Cristãos formosa.
Odeio tanto aos teus, como te adoro;
Mas queiras tu ser minha, que eu prometo
Vencer por teu amor meu ódio antigo,
Trocar a maça do poder por ferros
E ser, por te gozar, escravo deles.

---

29 **que m'hás roubado**: "que me roubaste". (N.O.)

58 **maça**: arma indígena, clava, porrete; **ferros**: algemas, prisão. (N.O.)

59 **por te gozar**: "para poder amar-te". (N.O.)

Deprecação*

Tupã, ó Deus grande! cobriste o teu rosto
Com denso velâmen de penas gentis;
E jazem teus filhos clamando vingança
Dos bens que lhes deste da perda infeliz!

Tupã, ó Deus grande! teu rosto descobre:
Bastante sofremos com tua vingança!
Já lágrimas tristes choraram teus filhos,
Teus filhos que choram tão grande mudança.

Anhangá impiedoso nos trouxe de longe
Os homens que o raio manejam cruentos,
Que vivem sem pátria, que vagam sem tino
Trás do ouro correndo, voraces, sedentos.

E a terra em que pisam, e os campos e os rios
Que assaltam, são nossos; tu és nosso Deus:
Por que lhes concedes tão alta pujança,
Se os raios de morte, que vibram, são teus?

Tupã, ó Deus grande! cobriste o teu rosto
Com denso velâmen de penas gentis;
E jazem teus filhos clamando vingança
Dos bens que lhes deste, da perda infeliz.

Teus filhos valentes, temidos na guerra,
No albor da manhã quão fortes que os vi!
A morte pousava nas plumas da frecha,
No gume da maça no arco tupi!

---

* **deprecação**: prece, súplica. (N.O.)

2 **velâmen**: véu; **gentis**: delicadas (N.O.)

9 **Anhangá**: o diabo, gênio do mal. (N.O.)

10 **raio**: arma que fulmina. (N.O.)

12 **voraces**: destruidores, devoradores. (N.O.)

15 **pujança**: força, vigor. (N.O.)

20 Nas edições usadas para cotejo não há vírgula, que pusemos para dar clareza à frase. (N.O.)

24 **maça**: arma indígena, clava, porrete. (N.O.)

E hoje em que apenas a enchente do rio
Cem vezes hei visto crescer e baixar...
Já restam bem poucos dos teus, qu'inda possam
Dos seus, que já dormem, os ossos levar.

Teus filhos valentes causavam terror,
Teus filhos enchiam as bordas do mar
As ondas coalhavam de estreitas igaras,
De frechas cobrindo os espaços do ar.

Já hoje não caçam nas matas frondosas
A corça ligeira, o trombudo quati...
A morte pousava nas plumas da frecha,
No gume da maça, no arco Tupi!

O Piaga nos disse que breve seria,
A que nos infliges cruel punição;
E os teus inda vagam por serras, por vales,
Buscando um asilo por ínvio sertão!

Tupã, ó Deus grande! descobre o teu rosto:
Bastante sofremos com tua vingança!
Já lágrimas tristes choraram teus filhos,
Teus filhos que choram tão grande tardança.

Descobre o teu rosto, ressurjam os bravos,
Que eu vi combatendo no albor da manhã;
Conheçam-te os feros, confessem vencidos
Que és grande e te vingas, qu'és Deus, ó Tupã!

---

31 **igaras**: canoas feitas de toras. (N.O.)

37 **Piaga**: pajé, sacerdote, curandeiro e vidente da tribo. (N.O.)

40 **ínvio**: intransitável. (N.O.)

Caxias*

Quanto és bela, ó Caxias! — no deserto,
Entre montanhas, derramada em vale
De flores perenais,
És qual tênue vapor que a brisa espalha
No frescor da manhã meiga soprando
À flor de manso lago.
Tu és a flor que despontaste livre
Por entre os troncos de robustos cedros,
Forte — em gleba inculta;
És qual gazela, que o deserto educa,
No ardor da sesta debruçada exangue
À margem da corrente.
Em mole seda, as graças não escondes,
Não cinges d'oiro a fronte que descansas
Na base da montanha;
És bela como a virgem das florestas,
Que no espelho das águas se contempla,
Firmada em tronco anoso.
Mas dia inda virá, em que te pejes
Dos, que ora trajas, símplices ornatos
E amável desalinho:
Da pompa e luxo amiga, hão de cair-te
Aos pés então — da poesia e c'roa
E da inocência o cinto.

---

* Neste poema, Gonçalves Dias celebra a terra natal, a cidade de Caxias, no Maranhão. (N.O.)

3 **perenais**: eternas. (N.O.)

18 **anoso**: que ou quem tem muitos anos; envelhecido. (N.O.)

19 **em que te pejes**: "em que fiques com vergonha". (N.O.)

23 **c'roa**: coroa. (N.O.)

Caxias*
(fragmento)

Ao aniversário de sua independência — 1º de agosto

Caxias, bela flor, lírio dos vales,
Gentil senhora de mimosos campos,
Como por tantos anos foste escrava,
Como a indócil cerviz curvaste ao jugo?

Oh! como longos anos insofríveis,
Rainha altiva, destoucada e bela,
Rojaste aos pés de um régulo soberbo?
À míngua definhaste em negro cárcer,
Onde um raio de sol não penetrava;
Em masmorra cruel, donde não vias
Cintilar o clarão d'amiga estrela...
Oh! não, que a luz da esp'rança tinhas n'alma,
E o sol da liberdade um dia viste,
De glória e de fulgor resplandecente,
Em céus sem nuvens no horizonte erguido.
[...]
Antemural do lusitano arrojo,
Último abrigo seu, — feros soldados,
Veteranas coortes, nos teus montes
Cravam bélicas tendas! — Um guerreiro,
O nobre Fidié, que a antiga espada
Do valor português empunha ardido,
No seu mando as retêm: debalde, ó forte,
Expões teus dias! teu esforço inútil
Não susta o sol no rápido declive,
Que imerge aquém dos Andes orgulhosos
D'África e d'Ásia os desbotados louros!
[...]

---

* Caxias, cidade natal do poeta, até o século XVII foi uma missão jesuítica chamada Aldeias Altas. Neste poema, o poeta lembra da ocupação de parte do norte do Brasil pelos franceses. (N.O.)

4 **Como a indócil cerviz curvaste ao jugo?**: "Como pudeste submeter-te à escravidão?" (N.O.)

7 **régulo**: chefe, senhor. (N.O.)

27 **Antemural do lusitano arrojo**: lugar do heroísmo português. (N.O.)

COMENTÁRIO CRÍTICO

O poema "Tabira", aqui transcrito integralmente, narra a história deste real cacique tabajara que lhe dá título. Tabira aliou-se aos portugueses e converteu-se ao cristianismo, mas acabou enganado pelos europeus, que usaram sua tribo na batalha contra os franceses.

Este poemeto épico retoma o tema do heroísmo indígena na figura de Tabira. O cacique, mesmo ferido de morte, ainda tenta salvar sua nação e, simultaneamente, consegue penitenciar-se pela ingenuidade diante dos traidores em quem acreditara. A descrição de sua coragem na batalha é exuberantemente plástica, e o poeta cria, a partir dela, uma imagem que lembra são Sebastião cheio de flechas – misto de horror e beleza heroica, como podemos ver nos versos finais.

É uma "narrativa exemplar", uma lenda, narrada pelos mais velhos para os mais jovens da tribo, como também ocorrerá com "I-Juca-Pirama" ("Meninos, eu vi").

Tabira

Les peaux rouges, plus nobles, mais plus infortunées
que les peaux noires, qui arriveront un jour à la liberté
par l'esclavage, n'ont d'autre recours que la mort,
*parce que leur nature se refuse à la servitude.**

I
É Tabira guerreiro valente,
Cumpre as partes de chefe e soldado;
É caudilho de tribo potente,
— Tobajaras — o povo senhor!
Ninguém mais observa o tratado,
Ninguém menos de p'rigos se aterra,
Ninguém corre aos acenos da guerra
Mais depressa que o bom lidador!

II
Seu viver é batalha aturada,
Dos contrários a traça aventando;
É dispor a cilada arriscada,
Onde o imigo se venha meter!
Levam noites com ele sonhando
Potiguares, que o viram de perto;
Potiguares, que asselam por certo
Que Tabira só sabe vencer!

---

* O texto, em francês, pode ser traduzido como: "Os peles-vermelhas, mais nobres, embora mais desafortunados do que os negros, que um dia se libertarão da escravatura, não têm outro recurso senão a morte, uma vez que sua natureza se recusa à servidão." (N.O.)

4 **Tobajaras**: tabajaras. (N.O.)

6 O verso diz que ninguém, como ele, despreza o perigo; ou seja, ninguém é tão corajoso como Tabira. (N.O.)

8 **lidador**: combatente. (N.O.)

9 **aturada**: constante. (N.O.)

10 O verso diz que ele tenta adivinhar as estratégias que serão usadas pelos inimigos. (N.O.)

14 **Potiguares**: habitantes das margens do rio Paraíba do Norte, inimigos dos Tabajaras. (N.O.)

15 **asselam**: confirmam. (N.O.)

III
Mil enganos lhe têm já tecido,
Mil ciladas lhe têm preparado;
Mas Tabira, fatal, destemido,
Tem feitiço, ou encanto, ou condão!
Sempre o plano da guerra é frustrado,
Sempre o bravo fronteiro aparece,
Que os enganos cruéis lhes destece,
Face a face, arco e setas na mão.

IV
Já dos Lusos o troço apoucado,
Paz firmando com ele traidora,
Dorme ileso na fé do tratado,
Que Tabira é valente e leal.
Sem Tabira dos Lusos que fora?
Sem Tabira que os guarda e defende,
Que das pazes talvez se arrepende
Já feridas outrora em seu mal!

V
Chefe estulto dum povo de bravos,
Mas que os piagas vitórias te fadem,
Hão de os teus, miserandos escravos,
Tais triunfos um dia chorar!
Caraíbas tais feitos aplaudem,
Mas sorrindo vos forjam cadeias,
E pesadas algemas, e peias,
Que traidores vos hão de lançar!

---

20 **condão**: poder misterioso. (N.O.)

22 **fronteiro**: comandante. (N.O.)

25-29 Os versos dizem que os portugueses, cujas tropas eram muito pequenas, fizeram um acordo traiçoeiro com Tabira para usar seus guerreiros na batalha contra outros invasores. (N.O.)

33 **estulto**: tolo, ingênuo. (N.O.)

34 **piagas**: pajés, sacerdotes, curandeiros e videntes das tribos; **fadem**: concedam, destinem. (N.O.)

37 **Caraíbas**: designação que os índios davam ao homem branco, aos europeus. (N.O.)

39 **peias**: correntes para prender os pés. (N.O.)

VI

Chefe stólido, insano, imprudente,
Sangue e vida dos teus malbaratas?!
Míngua as forças da tribo potente,
Vencedora da raça Tupi!
Hão de os teus, acossados nas matas,
Malferidos, sangrentos, ignavos,
Não podendo viver como escravos,
Dar o resto do sangue por ti!

VII

Vivem homens de pel' cor da noite
Neste solo, que a vida embeleza;
Podem, servos, debaixo do açoite,
Nênias tristes da pátria cantar!
Mas o índio que a vida só preza
Por amor dos combates, e festas
Dos triunfos sangrentos, e sestas
Resguardadas do sol no palmar;

VIII

Ocioso, indolente, vadio,
Ou ativo, incansável, fragueiro;
Já nas matas, no bosque erradio,
Já disposto a lutar, a vencer;
Ama as selvas, e o vento palreiro,
Ama a glória, ama a vida; mas antes
Que viver amargados instantes,
Quer e pode e bem sabe morrer!

---

41 **stólido:** palavra arcaica que significa tolo, estúpido. (N.O.)

42 **malbaratas:** menosprezas. (N.O.)

46 **ignavos:** covardes, fracos. (N.O.)

49 **homens de pel' cor da noite:** homens negros, escravos. (N.O.)

52 **nênias:** canções melancólicas, de saudade. (N.O.)

56 **palmar:** palmeiral. (N.O.)

58 **fragueiro:** que não se cansa. (N.O.)

61 **palreiro:** tagarela. (N.O.)

IX
Eia, avante! ó caudilho valente!
Potiguares lá vêm denodados;
Tão cerrado concurso de gente
Ninguém viu nestas partes assim!
Poucos são, mas briosos soldados;
Não são homens de aspecto jucundo!
Restos são, mas são restos dum mundo;
Poucos são, mas soldados por fim!

X
Os seus velhos disseram consigo,
Discutindo os motivos da guerra:
"É Tabira — cruel, inimigo,
Já nem crê, renegado, em Tupã!"
Pés robustos lá batem na terra,
Pó ligeiro se expande nos ares:
Era noite! milhar de milhares
São armados, mal rompe a manhã.

XI
Vêm soberbos, — o sol luz apenas!
Confiados, galhardos, lustrosos,
Vêm bizarros nas armas, nas penas,
Atrevidos no acento e na voz!
Um dentre eles, dos mais orgulhosos,
Sobe à pressa nas aspas dum monte:
Dali brada, postado defronte
De Tabira — com jeito feroz:

XII
"Ó Tabira, Tabira! aqui somos

---

66 **denodados**: destemidos. (N.O.)

67 **Tão cerrado concurso de gente**: grande aglomerado de guerreiros. (N.O.)

70 **jucundo**: alegre. (N.O.)

82 **galhardos**: elegantes. (N.O.)

83 **bizarros**: vestidos com elegância. (N.O.)

86 **aspas**: cume. (N.O.)

A provar nossas forças contigo;
Dizes tu que vencidos já fomos!
Di-lo tu, não no diz mais ninguém.
Ora eu só a vós todos vos digo:
Sois cobardes, irmãos de Tabira!
Propagastes solene mentira,
Que vencer não sabemos também.

XIII

"Para o vosso terreiro vos chamo,
Contra mim vinde todos, — sou forte:
Acorrei ao meu nobre reclamo!
Aqui sou, nem me parto daqui!
Vinde todos em densa coorte:
Travaremos combate sangrento,
Mas por fim do triunfo cruento
Direis vós, se fui eu quem menti."

XIV

Disse o arauto: "eis a turba ufanosa"
Lhe responde, arco e setas brandindo,
Pés batidos, voz alta e ruidosa:
— "Bem falado, ó guerreiro, mui bem!"
Assim é; mas Tabira rugindo,
Ressentido de ofensas tamanhas,
O rancor mal encobre das sanhas,
Que não lava no sangue de alguém.

XV

Raso outeiro ali perto se of'rece:
Vinga-o prestes, ardido, açodado!
Como leiva de pálida messe,

---

101 **coorte**: grupo armado, tropa. (N.O.)

105 **turba ufanosa**: multidão orgulhosa. (N.O.)

111 **sanhas**: ódio, fúria. (N.O.)

113 **outeiro**: suave colina. (N.O.)

114 O verso diz que o guerreiro sobe rapidamente a colina como se esta fosse apenas um pequeno monte de terra. (N.O.)

115 **leiva**: sulco do arado; **messe**: plantação. (N.O.)

Já madura, tremendo no pé;
Todo o campo descobre ocupado
Por guerreiros, — no extremo horizonte
Não distingue nas faldas do monte,
O que é gente, o que gente não é.

XVI
Não se abala o preclaro guerreiro,
Do que vê seu valor não fraqueia;
Diz consigo: "Um só golpe certeiro
Vai de todo esta raça apagar!
Juntos são, mas são meus!" — Já vozeia;
Logo os seus lhe respondem gritando,
Tais rugidos, tais roncos soltando
Que aos seus próprios deveram turbar!

XVII
Diz a fama que então de assustadas
Muitas aves que o espaço cruzavam,
De pavor subitâneo tomadas,
Descaíam pasmadas no chão:
Já com silvos e atitos voavam
Muitas outras, que o triste gemido
No conflito, abafado e sumido,
Talvez deram, — mas fraco, mas vão!

XVIII
Eis que os arcos de longe se encurvam,
Eis que as setas aladas já voam,
Eis que os ares se cobrem, se turvam;
De frechados, de surdos que são.
Novos gritos mais altos reboam,
Entre as hostes se apaga o terreno,
Já tornado apoucado e pequeno,
Já coberto de mortos o chão!

---

119 **faldas:** sopé da montanha. (N.O.)

128 **turbar:** assustar. (N.O.)

129 **Diz a fama:** dizem que, diz a voz do povo. (N.O.)

XIX
Peito a peito encontrados afoutos,
Braço a braço travados briosos,
Fervem todos inquietos, revoltos,
Qu'indecisa a vitória inda está.
Todos movem tacapes pesados;
Qual resvala, qual todo se enterra
No imigo que morde na terra,
Que sepulcro talvez lhe será.

XX
"Mas Tabira! Tabira! que é dele?
"Onde agora se esconde o pujante?"
— Não n'o vedes?! — Tabira é aquele
Que sangrento, impiedoso lá vai!
Vê-lo-eis andar sempre adiante,
Larga esteira de mortos deixando
Trás de si, como o raio cortando
Ramos, troncos do bosque, onde cai.

XXI
"Foge! foge! leal Tobajara;
"Quantos arcos que em ti fazem mira?!"
— "Muitos são; porém medos encara
Face a face, quem é como eu sou!"
Muitas setas cravejam Tabira:
Belo quadro! mas vê-lo era horrível!
Porco-espim que sangrado e terrível
Duras cerdas raivando espetou!

XXII
Tem um olho dum tiro frechado!
Quebra as setas que os passos lh'impedem
E do rosto, em seu sangue lavado,
Frecha e olho arrebata sem dó!
E aos imigos que o campo não cedem,

---

151 **que morde:** que se fere. (N.O.)

Olho e frecha mostrando extorquidos,
Diz, em voz que mais eram rugidos:
— "Basta, vis por vencer-vos um só!"

XXIII
E com fúria tão grande arremetem,
Com despego tão nobre da vida;
Tantos golpes, tão fundos repetem,
Que senhores do campo já são!
Potiguares lá vão de fugida,
Inda à fera mais torva e bravia
Disputando guarida dum dia
No mais fundo do vasto sertão!

XXIV
Potiguares, que a aurora risonha
Viu nação numerosa e potente,
Não já povo na tarde medonha,
Mas só restos dum povo infeliz!
Insepultos na terra inclemente
Muitos dormem; mas há quem lh'inveja
Essa morte do bravo em peleja,
Quem a vida do escravo maldiz!

XXV
"Este o conto que os índios contavam,
A desoras na triste senzala;
Outros homens ali descansavam,
Negra pel'; mas escravos também.
Não choravam; somente na fala
Era um quê da tristeza que mora
Dentro d'alma do homem que chora
O passado e o presente que tem!"

---

174 **extorquidos**: arrancados à força. (N.O.)

176 O verso diz que um só guerreiro basta para vencer a todos. (N.O.)

182 **torva**: pavorosa, medonha. (N.O.)

194 **a desoras**: tarde da noite. (N.O.)

O gigante de pedra*

Ó guerriers! ne laissez pas ma dépouille au corbeau;
Ensevelissez-moi parmi des monts sublimes,
Afin que l'étranger cherche, en voyant leurs cimes,
Quelle montagne est mon tombeau!
V. Hugo, "Le Géant"**

I

Gigante orgulhoso, de fero semblante,
Num leito de pedra lá jaz a dormir!
Em duro granito repousa o gigante,
Que os raios somente puderam fundir.

Dormindo atalaia no serro empinado
Devera cuidoso, sanhudo velar
O raio passando o deixou fulminado,
E à aurora, que surge, não há de acordar!

Co'os braços no peito cruzados nervosos,
Mais alto que as nuvens, os céus a encarar,
Seu corpo se estende por montes fragosos,
Seus pés sobranceiros se elevam do mar!

De lavas ardentes seus membros fundidos
Avultam imensos; só Deus poderá
Rebelde lançá-lo dos montes erguidos,
Curvados ao peso, que sobre lhe 'stá.

---

* O gigante de pedra é, na verdade, o contorno montanhoso da enseada do Rio de Janeiro, onde fica a baía da Guanabara, palco de horríveis batalhas entre índios, portugueses e invasores franceses entre os séculos XVI e XVII. (N.O.)

** O excerto pode ser traduzido como: "Ó guerreiros! Não abandoneis meus despojos aos corvos; / Sepultai-os entre montes sublimes, / Para que o forasteiro busque, ao ver seus cumes, / A montanha que é meu túmulo!"; **Victor Hugo** (1802-1885) foi um dos mais importantes escritores franceses do século XIX, tendo liderado o movimento romântico em seu país. Seus romances *O corcunda de Notre-Dame* (*Notre Dame de Paris*) (1831) e *Os miseráveis* (1862) figuram entre as obras de ficção mais populares de todos os tempos. (N.O.)

5-6 Os versos dizem que o morro deveria ferozmente guardar a terra indígena da ameaça dos invasores brancos. (N.O.)

11 **fragosos**: difíceis de transpor. (N.O.)

E o céu, e as estrelas e os astros fulgentes
São velas, são tochas, são vivos brandões,
E o branco sudário são névoas algentes,
E o crepe, que o cobre, são negros bulcões.

Da noite, que surge, no manto fagueiro
Quis Deus que se erguesse, de junto a seus pés,
A cruz sempre viva do sol no cruzeiro,
Deitada nos braços do eterno Moisés.

Perfumam-no odores que as flores exalam,
Bafejam-no carmes de um hino de amor
Dos homens, dos brutos, das nuvens que estalam,
Dos ventos que rugem, do mar em furor.
E lá na montanha, deitado dormido
Campeia o gigante, — nem pode acordar!
Cruzados os braços de ferro fundido,
A fronte nas nuvens, os pés sobre o mar!

II

Banha o sol os horizontes,
Trepa os castelos dos céus,
Aclara serras e fontes,
Vigia os domínios seus:
Já descai p'ra o ocidente,
E em globo de fogo ardente
Vai-se no mar esconder;
E lá campeia o gigante,
Sem destorcer o semblante,
Imóvel, mudo, a jazer!

Vem a noite após o dia,
Vem o silêncio, o frescor,
E a brisa leve e macia,

---

19 **algentes:** muito frias. (N.O.)

20 **crepe:** tecido escuro; **bulcões:** trevas, nevoeiros densos. (N.O.)

26 **carmes:** versos líricos. (N.O.)

30 **campeia:** impera. (N.O.)

Que lhe suspira ao redor.
E da noite entre os negrores,
Das estrelas os fulgores
Brilham na face do mar:
Brilha a lua cintilante,
E sempre mudo o gigante,
Imóvel, sem acordar!

Depois outro sol desponta,
E outra noite também,
Outra lua que aos céus monta,
Outro sol que após lhe vem:
Após um dia outro dia,
Noite após noite sombria,
Após a luz do bulcão,
E sempre o duro gigante,
Imóvel, mudo, constante
Na calma e na cerração!

Corre o tempo fugidio,
Vem das águas a estação,
Após ela o quente estio;
E na calma do verão
Crescem folhas, vingam flores,
Entre galas e verdores
Sazonam-se frutos mil;
Cobrem-se os prados de relva,
Murmura o vento na selva,
Azulam-se os céus de anil!

Tornam prados a despir-se,
Tornam flores a murchar,
Tornam de novo a vestir-se,
Tornam depois a secar;
E como gota filtrada
De uma abóbada escavada
Sempre, incessante a cair,

---

69 **sazonam-se**: amadurecem. (N.O.)

Tombam as horas e os dias,
Como fantasmas sombrias
Nos abismos do porvir!

E no féretro de montes
Inconcusso, imóvel, fito,
Escurece os horizontes
O gigante de granito.
Com soberba indiferença
Sente extinta a antiga crença
Dos Tamoios, dos Pajés;
Nem vê que duras desgraças,
Que lutas de novas raças
Se lhe atropelam aos pés!

III

E lá na montanha deitado dormido
Campeia o gigante! — nem pode acordar!
Cruzados os braços de ferro fundido,
A fronte nas nuvens, e os pés sobre o mar!

IV

Viu primeiro os íncolas
Robustos, das florestas,
Batendo os arcos rígidos,
Traçando homéreas festas,
À luz dos fogos rútilos,
Aos sons do murmuré!
E em Guanabara esplêndida
As danças dos guerreiros,
E o guau cadente e vário
Dos moços prazenteiros,

---

83 **féretro**: caixão mortuário, tumba. (N.O.)

84 **inconcusso**: firme, paralisado. (N.O.)

89 **Tamoios**: povo indígena habitante do Rio de Janeiro que se aliou aos franceses invasores; **Pajés**: piagas, sacerdotes, curandeiros e videntes das tribos. (N.O.)

97 **íncolas**: habitantes. (N.O.)

102 **murmuré**: instrumento musical feito de ossos de mortos. (N.O.)

103 **Guanabara**: do tupi, *guanã-pará* "a baía que parece mar". (N.O.)

105 **guau**: canto-dança indígena. (N.O.)

E os cantos da vitória
Tangidos no boré.

E das igaras côncavas
A frota aparelhada,
Vistosa e formosíssima
Cortando a undosa estrada,
Sabendo, mas que frágeis,
Os ventos contrastar:
        E a caça leda e rápida
Por serras, por devesas,
E os cantos da janúbia
Junto às lenhas acesas,
Quando o tapuia mísero
Seus feitos vai narrar!

E o gérmen da discórdia
Crescendo em duras brigas,
Ceifando os brios rústicos
Das tribos sempre amigas,
—Tamoi a raça antígua,
Feroz Tupinambá.
        Lá vai a gente impróvida,
Nação vencida, imbele,
Buscando as matas ínvias,
Donde outra tribo a expele;
Jaz o pajé sem glória,
Sem glória a maracá.

---

108 **boré**: flauta de notas ásperas. (N.O.)

109 **igaras**: canoas feitas de toras. (N.O.)

112 **undosa**: ondeante. (N.O.)

115 **leda**: alegre. (N.O.)

116 **devesas**: arvoredos. (N.O.)

117 **janúbia**: flauta torta ou trombeta de guerra. (N.O.)

119 **tapuia**: índio considerado bárbaro pelos demais. (N.O.)

125 **antígua**: foi mantida a grafia original; antiga. (N.O.)

126 **Tupinambá**: tupinambás eram povos descendentes dos tupis. (N.O.)

127 **impróvida**: imprudente. (N.O.)

128 **imbele**: covarde. (N.O.)

132 **maracá**: chocalho sagrado usado somente por pajés em solenidades; dentro dele se julgava haver deuses. (N.O.)

Depois em naus flamívomas
Um troço ardido e forte,
Cobrindo os campos úmidos
De fumo, e sangue, e morte,
Traz dos reparos hórridos
D'altíssimo pavês
E do sangrento pélago
Em míseras ruínas
Surgir galhardas, límpidas
As portuguesas quinas,
Murchos os lises cândidos
Do impróvido gaulês!

V

Mudaram-se os tempos e a face da terra,
Cidades alastram o antigo paul;
Mas inda o gigante, que dorme na serra,
Se abraça ao imenso cruzeiro do sul.

Nas duras montanhas os membros gelados
Talhados a golpes de ignoto buri,
Descansa, ó gigante, que encerras os fados,
Que os términos guardas do vasto Brasil.

Porém se algum dia fortuna inconstante
Puder-nos a crença e a pátria acabar,
Arroja-te às ondas, ó duro gigante,
Inunda estes montes, desloca este mar!

---

133 **flamívomas**: que lançam chamas. (N.O.)

134 **troço**: grupo, tropa de guerreiros. (N.O.)

137 **reparos**: suportes para artilharia. (N.E.)

138 **pavês**: espécie de escudo nas bordas de embarcações. (N.E.)

139 **pélago**: mar alto, profundo. (N.E.)

142 **quinas**: os cinco escudos que figuram nas armas de Portugal. (N.O.)

143 **lises**: lírios. (N.O.)

146 **paul**: brejo, pântano. (N.O.)

150 **buri**: instrumento para lavrar ou esculpir pedra. (N.O.)

COMENTÁRIO CRÍTICO

O indianismo foi duramente criticado por historiadores irritados com a excessiva europeização do índio. Um deles, João Francisco Lisboa, afirmava que o indianismo, de um modo geral, era uma distorção da realidade indígena. O poema a seguir, injustamente, não escapou das críticas, tendo sido chamado de "*rendez-vous* no mato".

O poeta, aqui, contempla a cor local com grande vigor poético na cena da índia que, com resignação renovada, espera pelo amado, que partira para lutar em terras distantes. Os olhos, os lábios e as mãos, imagens tradicionais da comunhão carnal, ampliam-se para um erotismo mais explícito trazido pela arasoia (o saiote de penas usado pela índia), da qual o amado a deveria despir quando chegasse em casa. A beleza intensa do poema está na delicada marcação do tempo que escoa, cujos efeitos exteriores (o Sol que substitui a Lua, a flor que jaz entreaberta, o amanhecer que varre as folhas) são revelados pela própria e onipresente natureza.

Leito de folhas verdes

Por que tardas, Jatir, que tanto a custo
À voz do meu amor moves teus passos?
Da noite a viração, movendo as folhas,
Já nos cimos do bosque rumoreja.

Eu sob a copa da mangueira altiva
Nosso leito gentil cobri zelosa
Com mimoso tapiz de folhas brandas,
Onde o frouxo luar brinca entre flores.

Do tamarindo a flor abriu-se, há pouco,
Já solta o bogari mais doce aroma!
Como prece de amor, como estas preces,
No silêncio da noite o bosque exala.

Brilha a lua no céu, brilham estrelas,
Correm perfumes no correr da brisa,
A cujo influxo mágico respira-se
Um quebranto de amor, melhor que a vida!

A flor que desabrocha ao romper d'alva
Um só giro do sol, não mais, vegeta:
Eu sou aquela flor que espero ainda
Doce raio do sol que me dê vida.

Sejam vales ou montes, lago ou terra,
Onde quer que tu vás, ou dia ou noite,
Vai seguindo após ti meu pensamento;
Outro amor nunca tive: és meu, sou tua!

Meus olhos outros olhos nunca viram,
Não sentiram meus lábios outros lábios,

---

3 **viração**: vento brando e fresco. (N.O.)

7 **tapiz**: tapete. (N.O.)

10 **bogari**: flor alva e perfumada; cresce sobre folhagens que se arrastam em direção ao mar, sobre a areia. (N.O.)

Nem outras mãos, Jatir, que não as tuas
A arasoia na cinta me apertaram.

Do tamarindo a flor jaz entreaberta,
Já solta o bogari mais doce aroma;
Também meu coração, como estas flores,
Melhor perfume ao pé da noite exala!

Não me escutas, Jatir! nem tardo acodes
À voz do meu amor, que em vão te chama!
Tupã! lá rompe o sol! do leito inútil
A brisa da manhã sacuda as folhas!

---

33 **tardo:** vagaroso, lento. (N.O.)

COMENTÁRIO CRÍTICO

Gonçalves Dias traz uma nota em "I-Juca-Pirama", explicando seu título: "o título desta poesia, traduzido literalmente do tupi, vale tanto como se em português disséssemos 'o que há de ser morto, e que é digno de ser morto'". Na história desse guerreiro tupi, que é aprisionado por uma tribo rival, o poeta mostra ritos antropofágicos – uma das mais bárbaras diferenças culturais com que o homem europeu se defrontou nas Américas. Neste ritual, o guerreiro derrotado em batalhas ou capturado em terras alheias é devorado pela tribo que o aprisionou. Dessa forma, estará contribuindo com sua própria carne para o fortalecimento do heroísmo de seus vencedores.

Gonçalves Dias registrou, brilhantemente, pela mudança de ritmos, a dramaticidade desse ritual. O poema se destaca pela técnica das rimas, a liberdade de estrofação e a variedade de ritmos, além do criativo paradoxo temático: o herói que, sem ser covarde, também pode chorar. Esse herói ganhou mais densa sensibilidade romântica ao invadir o mundo indígena. Ou seja, o conceito de heroísmo do poema, um tanto estereotipado e de acordo com valores da cultura ocidental, aliou-se ao choro do herói, que é uma emoção romântica muito nova, inventada pelo poeta para o universo indígena.

Com este poema épico, Gonçalves Dias dá um dos muitos exemplos da nacionalização do herói romântico brasileiro. Estava cumprindo, e muito bem, uma das principais missões dos poetas românticos, que era a de construir um imaginário que revivesse nossas origens.

I-Juca-Pirama

I
No meio das tabas de amenos verdores,
Cercadas de troncos — cobertos de flores,
Alteiam-se os tetos d'altiva nação;
São muitos seus filhos, nos ânimos fortes,
Temíveis na guerra, que em densas coortes
Assombram das matas a imensa extensão.

São rudos, severos, sedentos de glória,
Já prélios incitam, já cantam vitória,
Já meigos atendem à voz do cantor:
São todos Timbiras, guerreiros valentes!
Seu nome lá voa na boca das gentes,
Condão de prodígios, de glória e terror!

As tribos vizinhas, sem forças, sem brio,
As armas quebrando, lançando-as ao rio,
O incenso aspiraram dos seus maracás:
Medrosos das guerras que os fortes acendem,
Custosos tributos ignavos lá rendem,
Aos duros guerreiros sujeitos na paz.

No centro da taba se estende um terreiro,
Onde ora se aduna o concílio guerreiro
Da tribo senhora, das tribos servis:
Os velhos sentados praticam d'outrora,
E os moços inquietos, que a festa enamora,
Derramam-se em torno dum índio infeliz.

---

5 **coortes**: tropas. (N.O.)

8 **prélios**: combates. (N.O.)

10 **Timbiras**: povo indígena que habitava as terras mais ao interior do Maranhão. (N.O.)

12 **condão**: virtude, poder sobrenatural. (N.O.)

14 **as armas quebrando**: "reconhecendo a derrota". (N.O.)

15 **maracás**: chocalho sagrado, usado em solenidades, dentro do qual se julgava haver deuses. Para se prepararem para receber os oráculos, os pajés queimavam folhas dentro dos maracás e as aspiravam até ficarem em transe. (N.O.)

17 **ignavos**: covardes, fracos. (N.O.)

20 **aduna**: reúne. (N.O.)

22 **praticam d'outrora**: "conversam sobre o passado". (N.O.)

Quem é? — ninguém sabe: seu nome é ignoto,
Sua tribo não diz: — de um povo remoto
Descende por certo — d'um povo gentil;
Assim lá na Grécia ao escravo insulano
Tornavam distinto do vil muçulmano
As linhas corretas do nobre perfil.

Por casos de guerra caiu prisioneiro
Nas mãos dos Timbiras: — no extenso terreiro
Assola-se o teto, que o teve em prisão;
Convidam-se as tribos dos seus arredores,
Cuidosos se incumbem do vaso das cores,
Dos vários aprestos da honrosa função.

Acerva-se a lenha da vasta fogueira,
Entesa-se a corda da embira ligeira,
Adorna-se a maça com penas gentis:
A custo, entre as vagas do povo da aldeia
Caminha o Timbira, que a turba rodeia,
Garboso nas plumas de vário matiz.

Entanto as mulheres com leda trigança,
Afeitas ao rito da bárbara usança,
O índio já querem cativo acabar:
A coma lhe cortam, os membros lhe tingem,
Brilhante enduape no corpo lhe cingem,
Sombreia-lhe a fronte gentil canitar.

---

28 **insulano**: habitante da ilha. (N.O.)

33 Nessa passagem, destrói-se a cabana em que ficou o prisioneiro. Isso fazia parte do ritual para o sacrifício do prisioneiro. (N.O.)

36 **aprestos**: preparativos. (N.O.)

37 **acerva-se**: amontoa-se. (N.O.)

38 **embira**: espécie de forte cipó usado para amarrar. (N.O.)

39 **maça**: arma indígena, clava, porrete. (N.O.)

43 **trigança**: pressa. (N.O.)

46 **coma**: cabeleira. (N.O.)

47 **enduape**: fraldão de penas de que se serviam os guerreiros. (N.O.)

48 **canitar**: cocar; adorno que os índios usavam em solenidades ou marcha para a guerra. (N.O.)

II

Em fundos vasos d'alvacenta argila
Ferve o cauim;
Enchem-se as copas, o prazer começa,
Reina o festim.
O prisioneiro, cuja morte anseiam,
Sentado está,
O prisioneiro, que outro sol no ocaso
Jamais verá!
A dura corda, que lhe enlaça o colo,
Mostra-lhe o fim
Da vida escura, que será mais breve
Do que o festim!
Contudo os olhos d'ignóbil pranto
Secos estão;
Mudos os lábios não descerram queixas
Do coração.
Mas um martírio, que encobrir não pode,
Em rugas faz
A mentirosa placidez do rosto
Na fronte audaz!
Que tens, guerreiro? Que temor te assalta
No passo horrendo?
Honra das tabas que nascer te viram,
Folga morrendo.
Folga morrendo; porque além dos Andes
Revive o forte,
Que soube ufano contrastar os medos
Da fria morte.
Rasteira grama, exposta ao sol, à chuva,
Lá murcha e pende:
Somente ao tronco, que devassa os ares,
O raio ofende!
Que foi? Tupã mandou que ele caísse,

---

50 **cauim**: tipo de cachaça preparada com mandioca e milho fermentados usada em solenidades e execuções. (N.O.)

72 **folga**: descansa. (N.O.)

75 **ufano**: com orgulho. (N.O.)

81 **caísse**: morresse. (N.O.)

Como viveu;
E o caçador que o avistou prostrado
Esmoreceu!
Que temes, ó guerreiro? Além dos Andes
Revive o forte,
Que soube ufano contrastar os medos
Da fria morte.

III

Em larga roda de novéis guerreiros
Ledo caminha o festival Timbira,
A quem do sacrifício cabe as honras.
Na fronte o canitar sacode em ondas,
O enduape na cinta se embalança,
Na destra mão sopesa a ivirapeme,
Orgulhoso e pujante. — Ao menor passo
Colar d'alvo marfim, insígnia d'honra,
Que lhe orna o colo, e o peito ruge e freme,
Como que por feitiço não sabido
Encantadas ali as almas grandes
Dos vencidos Tapuias, inda chorem
Serem glória e brasão d'imigos feros.

"Eis-me aqui", diz ao índio prisioneiro;
"Pois que fraco, e sem tribo, e sem família,
As nossas matas devassaste ousado,
Morrerás morte vil da mão de um forte."
Vem a terreiro o mísero contrário;
Do colo à cinta a muçurana desce:
"Dize-nos quem és, teus feitos canta,
Ou se mais te apraz, defende-te". Começa
O índio, que ao redor derrama os olhos,
Com triste voz que os ânimos comove.

---

89 **nóveis**: jovens, novatos. (N.O.)

94 **sopesa**: sustenta; **ivirapeme**: tacape utilizado para trucidar os prisioneiros. (N.O.)

89-101 Os versos descrevem o chefe timbira como um herói que usa no peito um colar cheio de dentes de outros heróis vencidos em batalhas. Os indígenas acreditavam que as almas dos heróis mortos ficavam em seus dentes e ossos, e assim fortaleciam aqueles que os venceram. (N.O.)

107 **muçurana**: espécie de forte cipó usado para amarrar o prisioneiro; embira. (N.O.)

IV
Meu canto de morte,
Guerreiros, ouvi:
Sou filho das selvas,
Nas selvas cresci;
Guerreiros, descendo
Da tribo Tupi.

Da tribo pujante,
Que agora anda errante
Por fado inconstante,
Guerreiros, nasci:
Sou bravo, sou forte,
Sou filho do Norte;
Meu canto de morte,
Guerreiros, ouvi.

Já vi cruas brigas,
De tribos imigas,
E as duras fadigas
Da guerra provei;
Nas ondas mendaces
Senti pelas faces
Os silvos fugaces
Dos ventos que amei.

Andei longes terras,
Lidei cruas guerras,
Vaguei pelas serras
Dos vis Aimorés;
Vi lutas de bravos,
Vi fortes — escravos!
De estranhos ignavos
Calcados aos pés.

---

118 **pujante**: orgulhosa. (N.O.)

120 **fado**: sorte, destino. (N.O.)

130 **mendaces**: traiçoeiras. (N.O.)

132 **fugaces**: fugidios. (N.O.)

135 **lidei**: lutei. (N.O.)

137 **Aimorés**: tribo que habitava territórios hoje próximos à Bahia. (N.O.)

E os campos talados,
E os arcos quebrados,
E os piagas coitados
Já sem maracás;
E os meigos cantores,
Servindo a senhores,
Que vinham traidores,
Com mostras de paz.

Aos golpes do imigo
Meu último amigo,
Sem lar, sem abrigo
Caiu junto a mi!
Com plácido rosto,
Sereno e composto,
O acerbo desgosto
Comigo sofri.

Meu pai a meu lado
Já cego e quebrado,
De penas ralado,
Firmava-se em mi:
Nós ambos, mesquinhos,
Por ínvios caminhos,
Cobertos d'espinhos
Chegamos aqui!

O velho no entanto
Sofrendo já tanto
De fome e quebranto
Só qu'ria morrer!
Não mais me contenho,
Nas matas me embrenho,

---

142 **talados**: devastados. (N.O.)

144 **piagas**: pajés, curandeiros e videntes das tribos. (N.O.)

156 **acerbo**: doloroso. (N.O.)

160 O verso diz que o pai era atormentado por sofrimentos. (N.O.)

162 **mesquinhos**: míseros, desgraçados. (N.O.)

168 **quebranto**: fraqueza. (N.O.)

Das frechas que tenho
Me quero valer.

Então, forasteiro,
Caí prisioneiro
De um troço guerreiro
Com que me encontrei:
O cru dessossego
Do pai fraco e cego,
Enquanto não chego,
Qual seja, — dizei!

Eu era o seu guia
Na noite sombria,
A só alegria
Que Deus lhe deixou:
Em mim se apoiava,
Em mim se firmava,
Em mim descansava,
Que filho lhe sou.

Ao velho coitado
De penas ralado,
Já cego e quebrado,
Que resta? — Morrer.
Enquanto descreve
O giro tão breve
Da vida que teve,
Deixai-me viver!

Não vil, não ignavo,
Mas forte, mas bravo,
Serei vosso escravo:
Aqui virei ter.
Guerreiros, não coro
Do pranto que choro;

---

176 **troço**: tropa, grupo. (N.O.)

194-196 Os versos querem dizer "enquanto aguarda a morte". (N.O.)

Se a vida deploro,
Também sei morrer.

V

Soltai-o! — diz o chefe. Pasma a turba;
Os guerreiros murmuram: mal ouviram,
Nem pôde nunca um chefe dar tal ordem!
Brada segunda vez com voz mais alta,
Afrouxam-se as prisões, a embira cede,
A custo, sim; mas cede: o estranho é salvo.

— Timbira, diz o índio enternecido,
Solto apenas dos nós que o seguravam:
És um guerreiro ilustre, um grande chefe,
Tu que assim do meu mal te comoveste,
Nem sofres que, transposta a natureza,
Com olhos onde a luz já não cintila,
Chore a morte do filho o pai cansado,
Que somente por seu na voz conhece.
— És livre; parte.
— E voltarei.
— Debalde.
— Sim, voltarei, morto meu pai.
— Não voltes!
É bem feliz, se existe, em que não veja
Que filho tem, qual chora: és livre; parte!
— Acaso tu supões que me acobardo,
Que receio morrer!
— És livre; parte!
— Ora não partirei; quero provar-te
Que um filho dos Tupis vive com honra,
E com honra maior, se acaso o vencem,
Da morte o passo glorioso afronta.

— Mentiste, que um Tupi não chora nunca,
E tu choraste!... parte; não queremos
Com carne vil enfraquecer os fortes.

---

206 **pasma a turba**: "espanta-se a multidão". (N.O.)

222 No verso, o timbira diz ao tupi que é inútil que ele volte. (N.O.)

Sobresteve o Tupi: — arfando em ondas
O rebater do coração se ouvia
Precípite. — Do rosto afogueado
Gélidas bagas de suor corriam:
Talvez que o assaltava um pensamento...
Já não... que na enlutada fantasia,
Um pesar, um martírio ao mesmo tempo,
Do velho pai a moribunda imagem
Quase bradar-lhe ouvia: — Ingrato! ingrato!
Curvado o colo, taciturno e frio,
Espectro d'homem, penetrou no bosque!

VI

— Filho meu, onde estás?
— Ao vosso lado;
Aqui vos trago provisões: tomai-as,
As vossas forças restaurai perdidas,
E a caminho, e já!
— Tardaste muito!
Não era nado o sol, quando partiste,
E frouxo o seu calor já sinto agora!

— Sim, demorei-me a divagar sem rumo,
Perdi-me nestas matas intrincadas,
Reaviei-me e tornei; mas urge o tempo;
Convém partir, e já!
— Que novos males
Nos resta de sofrer? — que novas dores,
Que outro fado pior Tupã nos guarda?
— As setas da aflição já se esgotaram,
Nem para novo golpe espaço intacto
Em nossos corpos resta.
— Mas tu tremes!
— Talvez do afã da caça...

---

237 **sobresteve**: parou. (N.O.)

239 **precípite**: rápido. (N.O.)

247 **espectro d'homem**: como se fosse um fantasma. (N.O.)

254 **nado**: nascido. (N.O.)

258 **reaviei-me**: orientei-me. (N.O.)

— Oh filho caro!
Um quê misterioso aqui me fala,
Aqui no coração; piedosa fraude
Será por certo, que não mentes nunca!
Não conheces temor, e agora temes?
Vejo e sei: é Tupã que nos aflige,
E contra o seu querer não valem brios.
Partamos!... —
E com mão trêmula, incerta
Procura o filho, tateando as trevas
Da sua noite lúgubre e medonha.
Sentindo o acre odor das frescas tintas,
Uma ideia fatal correu-lhe à mente...
Do filho os membros gélidos apalpa,
E a dolorosa maciez das plumas
Conhece estremecendo: — foge, volta,
Encontra sob as mãos o duro crânio,
Despido então do natural ornato!
Recua aflito e pávido, cobrindo
As mãos ambas os olhos fulminados,
Como que teme ainda o triste velho
De ver, não mais cruel, porém mais clara,
Daquele exício grande a imagem viva
Ante os olhos do corpo afigurada.
Não era que a verdade conhecesse
Inteira e tão cruel qual tinha sido;
Mas que funesto azar correra o filho,
Ele o via; ele o tinha ali presente;
E era de repetir-se a cada instante.
A dor passada, a previsão futura
E o presente tão negro, ali os tinha;
Ali no coração se concentrava,
Era num ponto só, mas era a morte!

---

270 **fraude:** mentira. (N.O.)

278 **da sua noite:** "em sua cegueira". (N.O.)

284-285 A passagem relata que o velho, passando a mão na cabeça do filho, reconhece que ele fora preparado para o ritual de morte. (N.O.)

286 **pávido:** aterrorizado. (N.O.)

290 **exício:** ruína. (N.O.)

— Tu prisioneiro, tu?
— Vós o dissestes.
— Dos índios?
— Sim.
— De que nação?
— Timbiras.
— E a muçurana funeral rompeste,
Dos falsos manitôs quebraste a maça...
— Nada fiz... aqui estou.
— Nada!
Emudecem;
Curto instante depois prossegue o velho:
— Tu és valente, bem o sei; confessa,
Fizeste-o, certo, ou já não foras vivo!
— Nada fiz; mas souberam da existência
De um pobre velho, que em mim só vivia...
— E depois?...
— Eis-me aqui.
— Fica essa taba?
— Na direção do sol, quando transmonta.
— Longe?
— Não muito.
— Tens razão: partamos.
— E quereis ir?...
— Na direção do ocaso.

VII

"Por amor de um triste velho,
Que ao termo fatal já chega,
Vós, guerreiros, concedestes
A vida a um prisioneiro.
Ação tão nobre vos honra,
Nem tão alta cortesia
Vi eu jamais praticada
Entre os Tupis, — e mas foram
Senhores em gentileza.

---

308 **manitôs**: deuses; forças mágicas. (N.O.)

333 **e mas**: contudo. (N.O.)

"Eu porém nunca vencido,
Nem nos combates por armas,
Nem por nobreza nos atos;
Aqui venho e o filho trago.
Vós o dizeis prisioneiro,
Seja assim como dizeis;
Mandai vir a lenha, o fogo,
A maça do sacrifício
E a muçurana ligeira:
Em tudo o rito se cumpra!
E quando eu for só na terra,
Certo acharei entre os vossos,
Que tão gentis se revelam,
Alguém que meus passos guie;
Alguém, que vendo o meu peito
Coberto de cicatrizes,
Tomando a vez de meu filho,
De haver-me por pai se ufane!"

Mas o chefe dos Timbiras,
Os sobrolhos encrespando,
Ao velho Tupi guerreiro
Responde com torvo acento:
"Nada farei do que dizes:
É teu filho imbele e fraco!
Aviltaria o triunfo
Da mais guerreira das tribos
Derramar seu ignóbil sangue:
Ele chorou de cobarde;
Nós outros, fortes Timbiras,
Só de heróis fazemos pasto."

Do velho Tupi guerreiro
A surda voz na garganta

---

352 **se ufane**: se orgulhe. (N.O.)

354 **Os sobrolhos encrespando**: "Enrugando as sobrancelhas". (N.O.)

356 **torvo acento**: terrível tom de voz. (N.O.)

358 **imbele**: covarde. (N.O.)

364 **fazemos pasto**: alimentamo-nos. (N.O.)

Faz ouvir uns sons confusos,
Como os rugidos de um tigre,
Que pouco a pouco se assanha!

VIII
"Tu choraste em presença da morte?
Na presença de estranhos choraste?
Não descende o cobarde do forte;
Pois choraste, meu filho não és!
Possas tu, descendente maldito
De uma tribo de nobres guerreiros,
Implorando cruéis forasteiros,
Seres presa de vis Aimorés.

"Possas tu, isolado na terra,
Sem arrimo e sem pátria vagando,
Rejeitado da morte na guerra,
Rejeitado dos homens na paz,
Ser das gentes o espectro execrado;
Não encontres amor nas mulheres,
Teus amigos, se amigos tiveres,
Tenham alma inconstante e falaz!

"Não encontres doçura no dia,
Nem as cores da aurora te ameiguem,
E entre as larvas da noite sombria
Nunca possas descanso gozar:
Não encontres um tronco, uma pedra,
Posta ao sol, posta às chuvas e aos ventos,
Padecendo os maiores tormentos,
Onde possas a fronte pousar.

"Que a teus passos a relva se torre;
Murchem prados, a flor desfaleça,
E o regato que límpido corre,

---

377 **Aimorés**: inimigos de ambas as tribos presentes nesta epopeia. (N.O.)

382 **Ser das gentes o espectro execrado**: "Ser como um fantasma amaldiçoado por todos". (N.O.)

385 **falaz**: traidora. (N.O.)

Mais te acenda o vesano furor;
Suas águas depressa se tornem,
Ao contacto dos lábios sedentos,
Lago impuro de vermes nojentos,
Donde fujas com asco e terror!

"Sempre o céu, como um teto incendido,
Creste e punja teus membros malditos
E oceano de pó denegrido
Seja a terra ao ignavo Tupi!
Miserável, faminto, sedento,
Manitôs lhe não falem nos sonhos,
E do horror os espectros medonhos
Traga sempre o cobarde após si.

"Um amigo não tenhas piedoso
Que o teu corpo na terra embalsame,
Pondo em vaso d'argila cuidoso
Arco e frecha e tacape a teus pés!
Sê maldito, e sozinho na terra;
Pois que a tanta vileza chegaste,
Que em presença da morte choraste,
Tu, cobarde, meu filho não és."

IX

Isto dizendo, o miserando velho
A quem Tupã tamanha dor, tal fado
Já nos confins da vida reservara,
Vai com trêmulo pé, com as mãos já frias
Da sua noite escura as densas trevas
Palpando. — Alarma! alarma! — O velho para!
O grito que escutou é voz do filho,
Voz de guerra que ouviu já tantas vezes
Noutra quadra melhor. — Alarma! alarma!
— Esse momento só vale apagar-lhe

---

397 **vesano:** louco. (N.O.)

403 **creste:** queime; **punja:** fira (verbo *ferir*). (N.O.)

426 **quadra:** época. (N.O.)

Os tão compridos trances, as angústias,
Que o frio coração lhe atormentaram
De guerreiro e de pai: — vale, e de sobra.
Ele que em tanta dor se contivera,
Tomado pelo súbito contraste,
Desfaz-se agora em pranto copioso,
Que o exaurido coração remoça.

A taba se alborota, os golpes descem,
Gritos, imprecações profundas soam,
Emaranhada a multidão braveja,
Revolve-se, enovela-se confusa,
E mais revolta em mor furor se acende.
E os sons dos golpes que incessantes fervem,
Vozes, gemidos, estertor de morte
Vão longe pelas ermas serranias
Da humana tempestade propagando
Quantas vagas de povo enfurecido
Contra um rochedo vivo se quebravam.

Era ele, o Tupi; nem fora justo
Que a fama dos Tupis — o nome, a glória,
Aturado labor de tantos anos,
Derradeiro brasão da raça extinta,
De um jato e por um só se aniquilasse.

— Basta! clama o chefe dos Timbiras,
— Basta, guerreiro ilustre! Assaz lutaste,
E para o sacrifício é mister forças.

O guerreiro parou, caiu nos braços
Do velho pai, que o cinge contra o peito,
Com lágrimas de júbilo bradando:

---

428 **trances:** transes, momentos aflitivos. (N.O.)

435 **alborota:** alvoroça. (N.O.)

446-450 Os versos dizem que o heroísmo do jovem guerreiro é bem-vindo, pois não seria justo que a fama da tribo tupi, com tantos anos de glória, acabasse por causa de um único guerreiro. (N.O.)

452 **assaz:** muito. (N.O.)

"Este, sim, que é meu filho muito amado!
E pois que o acho enfim, qual sempre o tive,
Corram livres as lágrimas que choro,
Estas lágrimas, sim, que não desonram."

X

Um velho Timbira, coberto de glória,
Guardou a memória
Do moço guerreiro, do velho Tupi!
E à noite, nas tabas, se alguém duvidava
Do que ele contava,
Dizia prudente: — "Meninos, eu vi!"

"Eu vi o brioso no largo terreiro
Cantar prisioneiro
Seu canto de morte, que nunca esqueci:
Valente, como era, chorou sem ter pejo;
Parece que o vejo,
Que o tenho nest'hora diante de mi.

"Eu disse comigo: Que infâmia d'escravo!
Pois não, era um bravo;
Valente e brioso, como ele, não vi!
E à fé que vos digo: parece-me encanto
Que quem chorou tanto,
Tivesse a coragem que tinha o Tupi!"

Assim o Timbira, coberto de glória,
Guardava a memória
Do moço guerreiro, do velho Tupi.
E à noite nas tabas, se alguém duvidava
Do que ele contava,
Tornava prudente: "Meninos, eu vi!"

457-460 O pai cego declara que lágrimas de orgulho, ao contrário das lágrimas de covardia, podem ser vertidas. (N.O.)

467 **brioso**: corajoso. (N.O.)

470 **pejo**: vergonha. (N.O.)

COMENTÁRIO CRÍTICO

Marabá, em tupi, significa "mestiço de europeu com índia". A jovem protagonista deste poema narra sua procura de um amado entre os de sua tribo. Sua condição de mestiça, marcada pela cor loira do cabelo e pelos olhos claros, impede qualquer aproximação amorosa, pois os jovens da tribo querem moças morenas, altas e selvagens. Daí sua tristeza e solidão.

O poeta, além da busca do amor, discute aqui a relativização do conceito de beleza para indígenas e europeus. A mestiça solitária nada mais quer do que um noivo para sentir-se igual às outras mulheres, diante de Deus e da tribo, que estabelece o casamento para as índias. Todo seu desamparo e solidão aparecem em uma bonita alternância de versos curtos e longos, que reproduzem tristemente um diálogo entre a moça e os rapazes da tribo.

Ao fim do poema, pode-se pensar que aqui também o poeta deixa ver um pouco da violência da colonização, pois ser mestiça é trazer na pele e no destino essa evidência cruel.

Marabá

Eu vivo sozinha; ninguém me procura!
Acaso feitura
Não sou de Tupá!
Se algum dentre os homens de mim não se esconde:
— "Tu és", me responde,
"Tu és Marabá!"
Meus olhos são garços, são cor das safiras,
Têm luz das estrelas, têm meigo brilhar;
Imitam as nuvens de um céu anilado,
As cores imitam das vagas do mar!

Se algum dos guerreiros não foge a meus passos:
"Teus olhos são garços",
Responde anojado; "mas és Marabá:
Quero antes uns olhos bem pretos, luzentes,
Uns olhos fulgentes,
Bem pretos, retintos, não cor d'anajá!"
É alvo meu rosto da alvura dos lírios,
Da cor das areias batidas do mar;
As aves mais brancas, as conchas mais puras
Não têm mais alvura, não têm mais brilhar.

Se ainda me escuta meus agros delírios:
"És alva de lírios",
Sorrindo responde, "mas és Marabá:
Quero antes um rosto de jambo corado,
Um rosto crestado
Do sol do deserto, não flor de cajá."
Meu colo de leve se encurva engraçado,
Como hástea pendente do cacto em flor;

---

2 **feitura:** criatura. (N.O.)

3 **Tupá:** Tupã, espécie de manifestação de Deus na Terra, para os tupis. (N.O.)

7 **garços:** verde-azulados. (N.O.)

13 **anojado:** aborrecido. (N.O.)

16 **anajá:** tipo de palmeira do Maranhão. (N.O.)

21 **agros:** melancólicos. (N.O.)

24 **jambo:** fruto corado do jambeiro. (N.O.)

25 **crestado:** moreno. (N.O.)

Mimosa, indolente, resvalo no prado,
Como um soluçado suspiro de amor!

"Eu amo a estatura flexível, ligeira,
          Qual duma palmeira",
Então me respondem: "tu és Marabá:
Quero antes o colo da ema orgulhosa,
          Que pisa vaidosa,
Que as flóreas campinas governa, onde está."
Meus loiros cabelos em ondas se anelam,
O oiro mais puro não tem seu fulgor;
As brisas nos bosques de os ver se enamoram,
De os ver tão formosos como um beija-flor!

Mas eles respondem: "Teus longos cabelos,
          São loiros, são belos,
Mas são anelados; tu és Marabá:
Quero antes cabelos, bem lisos, corridos,
          Cabelos compridos,
Não cor d'oiro fino, nem cor d'anajá."

E as doces palavras que eu tinha cá dentro
          A quem nas direi?
O ramo d'acácia na fronte de um homem
          Jamais cingirei:
Jamais um guerreiro da minha arasoia
          Me desprenderá:
Eu vivo sozinha, chorando mesquinha,
          Que sou Marabá!

---

31 Nessa passagem, o autor se refere à estatura das índias, altas e esguias. (N.O.)

40 **beija-flor**: diz-se *coaraciaba* em tupi, que significa "cabelos dos raios do sol". (N.O.)

51 **arasoia**: saiote de plumas de ema usado por índios e índias. Faz parte do ritual do matrimônio. (N.O.)

53 **mesquinha**: infeliz. (N.O.)

54 **que**: pois. (N.O.)

Canção do Tamoio*

(Natalícia)**

I

Não chores, meu filho;
Não chores, que a vida
É luta renhida:
Viver é lutar.
A vida é combate,
Que os fracos abate,
Que os fortes, os bravos,
Só pode exaltar.

II

Um dia vivemos!
O homem que é forte
Não teme da morte;
Só teme fugir;
No arco que entesa
Tem certa uma presa,
Quer seja tapuia,
Condor ou tapir.

III

O forte, o cobarde
Seus feitos inveja
De o ver na peleja
Garboso e feroz;
E os tímidos velhos
Nos graves conselhos,
Curvadas as frontes,
Escutam-lhe a voz!

---

* **Tamoio:** pertencente à tribo tupi litorânea do Rio de Janeiro (os tamoios) que se aliou aos franceses. (N.O.)

** **Natalícia:** canção ou poema pelo nascimento de uma criança. (N.O.)

3 **renhida:** árdua. (N.O.)

8 Para o herói indígena, viver com honra é viver em combates. (N.O.)

15 **tapuia:** índio de tribo considerada inimiga. (N.O.)

16 **tapir:** mamífero que se caça (espécie de anta). (N.O.)

IV

Domina, se vive;
Se morre, descansa
Dos seus na lembrança,
Na voz do porvir.
Não cures da vida!
Sê bravo, sê forte!
Não fujas da morte,
Que a morte há de vir!

V

E pois que és meu filho,
Meus brios reveste;
Tamoio nasceste,
Valente serás.
Sê duro guerreiro,
Robusto, fragueiro,
Brasão dos tamoios
Na guerra e na paz.

VI

Teu grito de guerra
Retumbe aos ouvidos
D'imigos transidos
Por vil comoção;
E tremam d'ouvi-lo
Pior que o sibilo
Das setas ligeiras,
Pior que o trovão.

VII

E a mãe nessas tabas,

---

29 **cures**: trates. (N.O.)

33-34 Os versos dizem que o filho traz glória ao pai. (N.O.)

38 **fragueiro**: fogoso. (N.O.)

39 **brasão**: glória. (N.O.)

41-48 Nesses versos, o pai deseja que o canto de guerra do recém-nascido chegue até seus inimigos e que estes fiquem assustados. (N.O.)

Querendo calados
Os filhos criados
Na lei do terror;
Teu nome lhes diga,
Que a gente inimiga
Talvez não escute
Sem pranto, sem dor!

VIII
Porém se a fortuna,
Traindo teus passos,
Te arroja nos laços
Do imigo falaz!
Na última hora
Teus feitos memora
Tranquilo nos gestos,
Impávido, audaz.

IX
E cai como o tronco
Do raio tocado,
Partido, rojado
Por larga extensão;
Assim morre o forte!
No passo da morte
Triunfa, conquista
Mais alto brasão.

X
As armas ensaia,
Penetra na vida:
Pesada ou querida,
Viver é lutar.

49-53 Os versos querem dizer que, de tão famoso e temido, seu nome poderá ser usado pelas mães para manter a obediência das crianças. (N.O.)

57 **fortuna**: destino. (N.O.)

60 **falaz**: enganador, fraudulento. (N.O.)

62 **Teus feitos memora**: "relembra tuas vitórias". (N.O.)

65-69 Os versos referem-se à postura firme e corajosa do guerreiro até na hora da morte. (N.O.)

Se o duro combate
Os fracos abate,
Aos fortes, aos bravos,
Só pode exaltar.

Estâncias

I

O nosso índio errante vaga;
Mas por onde quer que vá,
Os ossos dos seus carrega;
Por isso onde quer que chega
Da vida n'amplo deserto,
Como que a pátria tem perto,
Nunca dos seus longe está!

II

Tem para si que a poeira
Daquele que choram morto,
Quando a alma já descansa
Da eternidade no porto,
Nenhures está melhor
Do que na urna grosseira
Que a cada momento enxergam,
Que de instante a instante regam
Com seu prantear de amor!

III

Ando como ele incessante,
Forasteiro, vago, errante,
Sem próprio abrigo, sem lar,
Sem ter uma voz amiga
Que em minha aflição me diga
Dessas palavras que fazem
A dor no peito abrandar!

E sei que morreste, filha!
Sei que a dor de te perder
Enquanto for vivo nunca,
Nunca se há de esvaecer!

Mas qual teu jazigo? E onde
Jazem teus restos mortais?...

---

12 **nenhures**: em nenhuma parte. (N.O.)

Esse lugar que te esconde,
Não vi: — não verei jamais.

IV
Não sei se aí nasce a relva,
Se algum arbusto s'enflora
A cada nova estação:
Se a cada nascer da aurora
O orvalho lágrimas chora
Sobre esse humilde torrão!
Se aí nasce o triste goivo,
Ou só espinhos e abrolhos,
Ou se também de alguns olhos
Recebes pia oblação.

V
Sei que o pranto, que se verte
Longe do morto não basta:
É pranto que a dor não gasta,
Que nenhum alívio traz!
Sei que ao partir-me da vida,
Minha alma andará perdida
Para saber onde estás!

VI
Irei beijar teu sepulcro
Chorar meu último adeus,
Depois, remontando aos céus,
Direi a Deus: "Aqui estou!"
Tu, dentre o coro dos anjos,
— Dos Serafins resplendentes —
Então — as asas candentes,
Que a vida não maculou,
Desprega! — e meiga, humilhada,

---

37 **torrão:** pedaço de terra. (N.O.)

38 **goivo:** flor do goiveiro. (N.O.)

39 **abrolhos:** plantas espinhosas. (N.O.)

41 **pia:** piedosa; **oblação:** oferenda, oração. (N.O.)

Ao trono do Eterno vai,
E na linguagem dos anjos,
Dize a Jesus: "É meu pai!"

VII
Ele humanou-se! — quis ser
Filho também de mulher;
Mas d'homem, não; porque os céus
Não têm espaço bastante
Para um homem — pai de Deus!

VIII
Bem sabe ele quanta glória
Sente o pai, que um anjo tem!
Julgará que, pois perdida
Teve uma filha na vida,
Não a perca lá também!

Manaus, 1º de maio de 1861

COMENTÁRIO CRÍTICO

"Os Timbiras" é um ambicioso poema épico que, segundo Nogueira da Silva*, teria sido concebido para ter 16 cantos. Mas houve quem dissesse ter visto 12 cantos já passados a limpo. Foi publicado em 1857, com apenas quatro cantos. Os estudiosos criticaram a publicação apressada, considerando-a "sofreguidão de notoriedade" do poeta. Outros biógrafos disseram que os demais cantos do grande poema perderam-se no naufrágio em que morreu Gonçalves Dias. O fato é que "Os Timbiras" é uma obra um tanto irregular em qualidade técnica. Criado em versos decassílabos, às vezes absorve algum verso já presente em outros poemas indianistas do autor.

O poema narra guerras e amores entre os soberbos timbiras e a rivalidade bélica de dois caciques, que iniciarão longas batalhas. No poema também aparecem animais selvagens brasileiros (tigres, quatis, cascavéis) como evocação da nossa natureza – um dos principais desejos de Gonçalves Dias.

Dizem alguns estudiosos que boa parte da obra trataria das descrições minuciosas da Amazônia e retomaria as primeiras derrotas das tribos para os colonizadores europeus (portugueses, franceses, holandeses), os quais se instalaram no norte do Brasil.

---

* Estudioso pioneiro da obra de Gonçalves Dias. (N.O.)

Os Timbiras
(fragmento)

Canto primeiro

Sentado em sítio escuso descansava
Dos Timbiras o chefe em tronco anoso,
Itajuba, o valente, o destemido
Acossador das feras, o guerreiro
Fabricador das incansáveis lutas.
Seu pai, chefe também, também Timbira,
Chamava-se o Jaguar: dele era fama
Que os musculosos membros repeliam
A frecha sibilante, e que o seu crânio
Da maça aos tesos golpes não cedia.
Cria-se... e em que não crê o povo estulto
Que um velho piaga na espelunca horrenda
Aquele encanto, inútil num cadáver,
Tirara ao pai defunto, e ao filho vivo
Inteiro o transmitira: é certo ao menos
Que durante uma noite juntos foram
O moço e o velho e o pálido cadáver.

Mas acertando um dia estar oculto
Num denso tabocal, onde perdera
Traços de fera, que rever cuidava,
Seta ligeira atravessou-lhe um braço.
Mão d'imigo traidor a disparara,
Ou fora algum dos seus, que receoso
Do mal causado, emudeceu prudente.

---

2 **anoso**: que ou quem tem muitos anos; envelhecido. (N.O.)

6-10 O pai de Itajuba, o Jaguar, tinha a fama de não ser ferido por flechas ou por golpes de bastões. (N.E.)

11 **estulto**: tolo, ingênuo. (N.O.)

12 **piaga**: pajé, sacerdote, curandeiro e vidente da tribo; **espelunca**: caverna. (N.O.)

12-17 Os versos dizem que o velho pajé havia retirado o encanto (que repelia as flechas) do cadáver do pai e o passara para o filho. (N.O.)

19 **tabocal**: bambuzal. (N.O.)

Relata o caso, irrefletido, o chefe.
Mal crido foi! — por abonar seu dito,
Redobra d'imprudência, — mostra aos olhos
A traiçoeira frecha, o braço e o sangue.
A fama voa, as tribos inimigas
Adunam-se, amotinam-se os guerreiros
E as bocas dizem: o Timbira é morto!
Outras emendam: malferido sangra!
Do nome do Itajuba se despega
O medo, — um só desastre venha, e logo
Esse encanto vai prestes converter-se
Em riso e farsa das nações vizinhas!
Os manitós, que moram pendurados
Nas tabas d'Itajuba, que as protejam:
O terror do seu nome já não vale,
Já defensão não é dos seus guerreiros!

Dos Gamelas um chefe destemido,
Cioso d'alcançar renome e glória,
Vencendo a fama, que os sertões enchia,
Saiu primeiro a campo, armado e forte,
Guedelha e ronco dos sertões imensos,
Guerreiros mil e mil vinham trás ele,
Cobrindo os montes e juncando as matas.
Com pejado carcaz de ervadas setas
Tingidas d'urucu, segundo a usança
Bárbara e fera, desgarrados gritos
Davam no meio das canções de guerra.

---

26 **mal crido foi!**: expressão que denota que ninguém acreditou que uma flecha o tivesse ferido. (N.O.)

31-36 Os versos dizem que correrá a notícia da fragilidade de Itajuba e as tribos inimigas perderão o medo dele. (N.O.)

37 **manitós**: deuses; forças mágicas. (N.O.)

40 **defensão**: proteção. (N.O.)

41 **Gamelas**: tribo da região do Maranhão. (N.O.)

45 **guedelha**: cabeleira. (N.O.)

48 **carcaz**: estojo em que se põem as setas. (N.O.)

49 **urucu**: planta que produz corante venenoso. (N.O.)

Chegou, e fez saber que era chegado
O rei das selvas a propor combate
Dos Timbiras ao chefe. — "A nós só caiba,
(Disse ele) a honra e a glória; entre nós ambos
Decida-se a questão do esforço e brios.
Estes, que vês, impávidos guerreiros,
São meus, que me obedecem; se me vences,
São teus; se és o vencido, os teus me sigam:
Aceita ou foge, que a vitória é minha."
"Não fugirei", responde-lhe ltajuba,
"Que os homens, meus iguais, encaram fito
O sol brilhante, e os não deslumbra o raio."

"Serás, pois que me afrontas", torna o bárbaro,
"Do meu valor troféu, — e da vitória,
Qu'hei de certo alcançar, despojo opimo.
Nas tabas em que habito ora as mulheres
Tecem da sapucaia as longas cordas,
Que os pulsos teus hão de arrochar-te em breve;
E tu vil, e tu preso, e tu coberto
D'escárnio e d'irrisão! — Cheio de glória,
Além dos Andes voará meu nome!"

O filho de Jaguar sorriu-se a furto:
Assim o pai sorri ao filho imberbe,
Que, desprezado o arco seu pequeno,
Talhado para aquelas mãos sem forças,
Tenta doutro maior curvar as pontas,
Que vezes três o mede em toda a altura!

Travaram luta fera os dois guerreiros.
Primeiro ambos de longe as setas vibram;
Amigos manitôs, que ambos protegem,
Nos ares as desgarram. Do Gamela

---

66 **opimo**: abundante. (N.O.)

68 **sapucaia**: tipo de árvore. (N.O.)

71 **irrisão**: desprezo. (N.O.)

74 **imberbe**: muito jovem. (N.O.)

Entrou a frecha trêmula num tronco
E só parou no cerne; a do Timbira,
Ciciando veloz, fugiu mais longe,
Roçando apenas os frondosos cimos.
Encontram-se os Tacapes, lá se partem;
Ambos o punho inútil rejeitando,
Estreitam-se valentes: braço a braço,
Alentando açodados, peito a peito,
Revolvem fundo a terra aos pés, e ao longe
Rouqueja o peito arfado um som confuso.

Cena vistosa! quadro aparatoso!
Guerreiros velhos, à vitória afeitos,
Tamanhos campeões vendo n'arena,
E a luta horrível e o combate aceso,
Mudos quedaram de terror transidos.
Qual daqueles heróis há de primeiro
Sentir o egrégio esforço abandoná-lo?
Perguntam; mas não há quem lhes responda.

São ambos fortes: o Timbira ardido,
Esbelto como o tronco da palmeira,
Flexível como a frecha bem talhada.
Ostenta-se robusto o rei das selvas;
Seu corpo musculoso, imenso e forte
E como rocha enorme, que desaba
De serra altiva, e cai no vale inteira.
Não vale humana força desprendê-la
Dali, onde ela está: fugaz corisco
Bate-lhe a calva fronte sem parti-la.

Separam-se os guerreiros um do outro,
Foi dum o pensamento, — a ação foi d'ambos.

---

84 **cerne**: miolo. (N.O.)

87 **Tacapes**: arma de ataque, porrete usado em guerras e sacrifícios. (N.O.)

97 **transidos**: "repassados de medo". (N.O.)

99 **egrégio**: notável. (N.O.)

101 **ardido**: valente. (N.O.)

Ambos arquejam; descoberto o peito
Arfa, estua, eleva-se, comprime-se,
E o ar em ondas sôfregos respiram.
Cada qual, mais pasmado que medroso,
Se estranha a força que no outro encontra,
A malcuidada resistência o irrita.
Itajuba! Itajuba! — os seus exclamam.
Guerreiro, tal como ele, se descora
Um só momento, é dar-se por vencido.
O filho de Jaguar voltou-se rápido.
Donde essa voz partiu? quem no aguilhoa?
Raiva de tigre anuviou-lhe o rosto
E os olhos cor de sangue irados pulam.

"A tua vida a minha glória insulta!"
Grita ao rival, "e já demais viveste".
Disse, e como o condor, descendo a prumo
Dos astros, sobre o lhama descuidoso,
Pávido o prende nas torcidas garras,
E sobe audaz onde não chega o raio...
Voa Itajuba sobre o rei das selvas,
Cinge-o nos braços, contra si o aperta
Com força incrível: o colosso verga,
Inclina-se, desaba, cai de chofre,
E o pó levanta e atroa forte os ecos.
Assim cai na floresta um tronco anoso,
E o som da queda se propaga ao longe!

O fero vencedor um pé alçando,
"Morre!" lhe brada "e o nome teu contigo!"
O pé desceu, batendo a arca do peito
Do exânime vencido: os olhos turvos,
Levou, a extrema vez, o desditoso

---

114 **estua:** agita-se. (N.O.)

123 **aguilhoa:** atinge. (N.O.)

130 **pávido:** assustado, apavorado. (N.O.)

142 **exânime:** desfalecido. (N.O.)

Àqueles céus d'azul, àquelas matas,
Doce cobertas de verdura e flores!

Depois, erguendo o esquálido cadáver
Sobre a cabeça, horrivelmente belo,
Aos seus o mostra ensanguentado e torpe;
Então por vezes três o horrendo grito
Do triunfo soltou; e os seus três vezes
O mesmo grito em coro repetiram.
Aquela massa enfim voa nos ares;
Porém na destra do feliz guerreiro
Dividem-se entre os dedos as melenas,
De cujo crânio marejava o sangue!
[...]

---

145 **doce**: docemente. (N.O.)

153 **destra**: mão direita. (N.O.)

COMENTÁRIO CRÍTICO

Segundo os críticos, este poema, escrito em Paris, em 1864 – ano da morte de Gonçalves Dias –, equivale a uma segunda "Canção do exílio", mas sem a qualidade da primeira. É digno de estudo pelo mérito de resumir as vivências do poeta no exterior, mostrando, assim, que o tema do exílio persistiu em seu imaginário e o colorido que via na pátria não enfraqueceu. Em algumas edições, provavelmente por erro de impressão, os dois quartetos estão unidos numa estrofe de oito versos. Vale sempre comparar as imagens e a força poética em ambos os poemas.

Minha terra

Quanto é grato em terra estranha,
Sob um céu menos querido,
Entre feições estrangeiras,
Ver um rosto conhecido;

Ouvir a pátria linguagem
Do berço balbuciada,
Recordar sabidos casos
Saudosos — da terra amada!

E em tristes serões d'inverno,
Tendo a face contra o lar,
Lembrar o sol que já vimos,
E o nosso ameno luar!

Certo é grato; mais sentido
Se nos bate o coração,
Que para a pátria nos voa,
P'ra onde os nossos estão!

Depois de girar no mundo
Como barco em crespo mar,
Amiga praia nos chama
Lá no horizonte a brilhar.

E vendo os vales e os montes
E a pátria que Deus nos deu,
Possamos dizer contentes:
Tudo isto que vejo é meu!

Meu este sol que me aclara,
Minha esta brisa, estes céus
Estas praias, bosques, fontes,
Eu os conheço — são meus!

Mais os amo quando volte,
Pois do que por fora vi,

A mais querer minha terra
E minha gente aprendi.

Paris — 1864

POESIA LÍRICA

O soldado espanhol*
(fragmento)

*Un soldat au dur visage.***
V. Hugo

I

Oh! qui révélera les troubles, les mystères
Que ressentent d'abord deux amants
solitaires
Dans l'abandon d'un chaste amour?
*Amour et foi****

O céu era azul, tão meigo e tão brando,
A terra tão erma, tão quieta e saudosa,
Que a mente exultava, mais longe escutando
O mar a quebrar-se na praia arenosa.

O céu era azul, e na cor semelhava
Vestido sem nódoa de pura donzela;
E a terra era a noiva que bem se arreava
De flores, matizes; mas vária, mas bela.

Ela era brilhante,
Qual raio do sol;
E ele arrogante,
De sangue espanhol.

E o espanhol muito amava
A virgem mimosa e bela;
Ela amante, ele zeloso
Dos amores da donzela;

---

* Como muitos outros épicos de Gonçalves Dias, o poema reúne os temas de amor e heroísmo do cavaleiro que viaja para lutar em batalha enquanto a amada o espera. Há nesses temas a memória da *Odisseia*, de Homero. (N.O.)

** O texto, em francês, pode ser traduzido por: "Um soldado de duro aspecto". (N.O.)

*** O texto, em francês, pode ser traduzido por: "Oh! Quem revelará as inquietações, os mistérios / Que sentem de início dois amantes / solitários / No abandono de um casto amor?"; ***Amour et foi***: obra do escritor francês Édouard Turquety (1807-1867), publicada em 1835. (N.O.)

Ele tão nobre e folgando
De chamar-se escravo dela!

E ele disse: — Vês o céu? —
E ela disse: — Vejo, sim;
Mais polido que o polido
Do meu véu azul cetim. —
Torna-lhe ele... (oh! quanto é doce
Passar-se uma noite assim!)

— Por entre os vidros pintados
D'igreja antiga, a luzir
Não vês luz? — Vejo. — E não sentes
De a veres, meigo sentir?
— É doce ver entre as sombras
A luz do templo a luzir!

— E o mar, além, preguiçoso
Não vês tu em calmaria?
— É belo o mar; porém sinto,
Só de o ver, melancolia.
— Que mais o teu rosto enfeita
Que um sorriso de alegria.

— E eu também acho em ser triste
Do que alegre, mais prazer;
Sou triste, quando em ti penso,
Que só me falta morrer;
Mesmo a tua voz saudosa
Vem minha alma entristecer.

— E eu sou feliz, como agora,
Quando me falas assim;
Sou feliz quando se riem
Os lábios teus de carmim;
Quando dizes que me adoras,
Eu sinto o céu dentro em mim.

---

17 **folgando**: tendo prazer. (N.O.)

— És tu só meu Deus, meu tudo,
És tu só meu puro amar,
És tu só que o pranto podes
Dos meus olhos enxugar. —
Com ela repete o amante:
— És tu só meu puro amar! —

E o céu era azul, tão meigo e tão brando
E a terra tão erma, tão só, tão saudosa,
Que a mente exultava, mais longe escutando
O mar a quebrar-se na praia arenosa!

II

Ainsi donc aujourd'hui, demain, aprês encore,
*Il faudra voir sans toi naître et mourir l'aurore!**
V. Hugo

E o espanhol viril, nobre e formoso,
No bandolim
Seus amores dizia mavioso,
Cantando assim:
"Já me vou por mar em fora
Daqui longe a mover guerra,
Já me vou, deixando tudo,
Meus amores, minha terra.

"Já me vou lidar em guerras,
Vou-me à Índia ocidental;
Hei de ter novos amores...
De guerras... não temas al.

---

* O texto, em francês, pode ser traduzido por: "Desse modo, portanto, hoje, amanhã, e depois ainda, / Será preciso ver sem ti a aurora e nascer e morrer!". (N.O.)

61 **dizia:** *dizer* tem o sentido de *cantar* (ao bandolim cantiga de amor). (N.O.)

68 **Índia ocidental:** Índias Ocidentais foi o nome dado à América por Cristóvão Colombo, que supunha ter chegado à Ásia. (N.O.)

70 **al:** palavra arcaica que significa mais, o mais, o resto. (N.O.)

"Não chores, não, tão coitada,
Não chores por t'eu deixar;
Não chores, que assim me custa
O pranto meu sofrear.

"Não chores! — sou como o Cid
Partindo para a campanha;
Não ceifarei tantos louros,
Mas terei pena tamanha."

E a amante que assim o via
Partir-se tão desditoso,
— Vai, mas volta, lhe dizia:
Volta, sim, vitorioso.
"Como o Cid, oh! crua sorte!
Não me vou nesta campanha
Guerrear contra o crescente,
Porém sim contra os d'Espanha!

[...]

"Já me vou lidar em guerras,
Vou-me a Índia ocidental;
Hei de ter novos amores...
De guerras... não temas al."

Esta era a canção que acompanhava
No bandolim,
Tão triste, que de triste não chorava
Dizendo assim:

---

72 **por t'eu deixar**: "por eu te deixar". (N.O.)

75 **sou como o Cid**: o soldado espanhol do poema se refere a El Cid Campeador (Rodrigo Díaz de Bivar, 1043-1099), um dos grandes heróis nacionais da Espanha, que se tornou lendário na Idade Média por conta da luta contra a ocupação mulçumana na península Ibérica. (N.O.)

77 **ceifarei tantos louros**: "serei violento". (N.O.)

85 **o crescente**: império turco. (N.O.)

III

O Conde deu o sinal da partida — À caça! meus amigos.
BURGER*

"Quero, pajens, selado o ginete,
Quero em punho nebris e falcão,
Qu'é promessa de grande caçada
Fresca aurora d'amigo verão.

Quero tudo luzindo, brilhante
— Curta espada e venáb'lo e punhal,
Cães e galgos farejem diante
Leve odor de sanhudo animal.

E ai do gamo que eu vir na coutada,
Corça, onagro, que eu primo avistar!
Que o venáb'lo nos ares voando
Lhe há de o salto no meio quebrar.

Eia, avante! — Dizia folgando
O fidalgo mancebo, loução:
— Eia, avante! — e já todos galopam
Trás do moço, soberbo infanção."
[...]

---

* **Burger**: Godofredo Augusto Burger (1747-1794), poeta lírico alemão. (N.O.)

110 **ginete**: cavalo de raça. (N.O.)

111 **nebris**: falcão usado na caça. (N.O.)

115 **venáb'lo**: espécie de lança usada para caçadas. (N.O.)

118 **coutada**: terra onde pastam ruminantes. (N.O.)

119 **onagro**: burro, jumento; **primo**: primeiramente. (N.O.)

123 **loução**: elegante. (N.O.)

125 **Trás do moço, soberbo infanção**: o escudeiro cavalgava atrás do nobre cavaleiro. (N.O.)

A leviana

Souvent femme varie
Bien fol est qui s'y fie.
FRANCISCO I*

És engraçada e formosa
Como a rosa,
Como a rosa em mês d'abril;
És como a nuvem doirada
Deslizada,
Deslizada em céus d'anil.
Tu és vária e melindrosa,
Qual formosa
Borboleta num jardim,
Que as flores todas afaga,
E divaga
Em devaneio sem fim.
És pura, como uma estrela
Doce e bela,
Que treme incerta no mar:
Mostras nos olhos tua alma
Terna e calma,
Como a luz d'almo luar.
Tuas formas tão donosas,
Tão airosas,
Formas da terra não são;
Pareces anjo formoso,
Vaporoso,
Vindo da etérea mansão.
Assim, beijar-te receio,
Contra o seio
Eu tremo de te apertar:
Pois me parece que um beijo

---

* O texto, do francês, pode ser traduzido por: "Amiúde a mulher varia / Bem louco é quem nela se fia". (N.O.)

18 **almo**: delicioso. (N.O.)

19 **donosas**: elegantes. (N.O.)

É sobejo
Para o teu corpo quebrar.
Mas não digas que és só minha!
Passa asinha
A vida, como a ventura;
Que te não vejam brincando,
E folgando
Sobre a minha sepultura.
Tal os sepulcros colora
Bela aurora
De fulgores radiante;
Tal a vaga mariposa
Brinca e pousa
Dum cadáver no semblante.

---

32 **passa asinha**: com brevidade, rapidamente. (N.O.)

A minha musa
(fragmento)

Gratia, Musa, tibi; nam tu solatia praebes.
OVÍDIO*

Minha musa não é como ninfa
Que se eleva das águas — gentil —
Co'um sorriso nos lábios mimosos,
Com requebros, com ar senhoril.

Nem lhe pousa nas faces redondas
Dos fagueiros anelos a cor;
Nesta terra não tem uma esp'rança,
Nesta terra não tem um amor.

Como fada de meigos encantos,
Não habita um palácio encantado,
Quer em meio de matas sombrias,
Quer à beira do mar levantado.

Não tem ela uma senda florida,
De perfumes, de flores bem cheia,
Onde vague com passos incertos,
Quando o céu de luzeiros se arreia.

[...]

Ela então, sem destino, erra por vales,
Erra por altos montes, onde a enxada
        Fundo e fundo cavou;
E para; perto, jovial pastora
Cantando passa — e ela cisma ainda
        Depois que esta passou.

[...]

---

* O texto, em latim, pode ser traduzido por: "Obrigado, Musa; pois só tu trazes consolo."; **Ovídio**: Públio Ovídio Nasão (43 a.C.-17 d.C.), poeta latino. (N.O.)

Tenho inveja ao pegureiro,
Da pastora invejo a vida,
Invejo o sono dos mortos
Sob a laje carcomida.
Se qual pegão tormentoso,
O sopro da desventura
Vai bater potente à porta
De sumida sepultura;
Uma voz não lhe responde,
Não lhe responde um gemido,
Não lhe responde uma prece,
Um ai — do peito sentido.
Já não têm voz com que falem,
Já não têm que padecer;
No passar da vida à morte
Foi seu extremo sofrer.
Que lh'importa a desventura?
Ela passou, qual gemido
Da brisa em meio da mata
De verde alecrim florido.
Quem me dera ser como eles!
Quem me dera descansar!
Nesse pobre cemitério
Quem me dera o meu lugar,
E co'os sons das Harpas d'anjos
Da minha Harpa os sons casar!

---

71 **pegureiro**: guardador de gado, pastor. (N.O.)

75 **pegão**: pé de vento. (N.O.)

Desejo*

E poi morir.
Metastásio**

Ah! que eu não morra sem provar, ao menos
Sequer por um instante, nesta vida
Amor igual ao meu!
Dá, Senhor Deus, que eu sobre a terra encontre
Um anjo, uma mulher, uma obra tua,
Que sinta o meu sentir;
Uma alma que me entenda, irmã da minha,
Que escute o meu silêncio, que me siga
Dos ares na amplidão!
Que em laço estreito unidas, juntas, presas,
Deixando a terra e o lodo, aos céus remontem
Num êxtase de amor!

* Poema dedicado à musa do poeta, Ana Amélia Ferreira do Vale. (N.O.)

** O texto, em italiano, pode ser traduzido por: "E depois morre."; **Metastásio**: Pedro Boaventura Metastásio (1698-1782), poeta italiano. (N.O.)

4 **dá**: permita. (N.O.)

12 **êxtase**: a grafia original, *extasis*, não é dicionarizada atualmente. (N.O.)

Seus olhos*

Seus olhos tão negros, tão belos, tão puros,
De vivo luzir,
Estrelas incertas, que as águas dormentes
Do mar vão ferir;
Seus olhos tão negros, tão belos, tão puros,
Têm meiga expressão,
Mais doce que a brisa, — mais doce que o nauta
De noite cantando, — mais doce que a frauta
Quebrando a soidão
Seus olhos tão negros, tão belos, tão puros,
De vivo luzir,
São meigos infantes, gentis, engraçados
Brincando a sorrir.
São meigos infantes, brincando, saltando
Em jogo infantil,
Inquietos, travessos; — causando tormento,
Com beijos nos pagam a dor de um momento,
Com modo gentil.
Seus olhos tão negros, tão belos, tão puros,
Assim é que são;
Às vezes luzindo, serenos, tranquilos,
Às vezes, vulcão!
Às vezes, oh! sim, derramam tão fraco,
Tão frouxo brilhar,
Que a mim me parece que o ar lhes falece,
E os olhos tão meigos, que o pranto umedece
Me fazem chorar.
Assim lindo infante, que dorme tranquilo,
Desperta a chorar;
E mudo e sisudo, cismando mil coisas,
Não pensa — a pensar.
Nas almas tão puras da virgem, do infante,
Às vezes do céu

---

* Este famoso poema foi escrito para o grande amor do poeta, Ana Amélia Ferreira do Vale. (N.O.)

22 **Às vezes, vulcão!**: a metáfora do vulcão é uma sugestão erótica. (N.O.)

25 **falece**: falta. (N.O.)

Cai doce harmonia duma Harpa celeste,
Um vago desejo; e a mente se veste
De pranto co'um véu.
Quer sejam saudades, quer sejam desejos
Da pátria melhor;
Eu amo seus olhos que choram sem causa
Um pranto sem dor.
Eu amo seus olhos tão negros, tão puros,
De vivo fulgor;
Seus olhos que exprimem tão doce harmonia,
Que falam de amores com tanta poesia,
Com tanto pudor.
Seus olhos tão negros, tão belos, tão puros,
Assim é que são;
Eu amo esses olhos que falam de amores
Com tanta paixão.

Inocência

Sans nommer le nom qu'il faut bénir et taire.
S. Beuve*

Ó meu anjo, vem correndo,
Vem tremendo
Lançar-te nos braços meus;
Vem depressa, que a lembrança
Da tardança
Me aviva os rigores teus.
Do teu rosto, qual marfim,
De carmim
Tinge um nada a cor mimosa;
É belo o pudor, mas choro,
E deploro
Que assim sejas medrosa.
Por inocente tens medo
De tão cedo,
De tão cedo ter amor;
Mas sabe que a formosura
Pouco dura,
Pouco dura, como a flor.
Corre a vida pressurosa,
Como a rosa,
Como a rosa na corrente.
Amanhã terás amor?
Como a flor,
Como a flor fenece a gente.
Hoje ainda és tu donzela
Pura e bela,
Cheia de meigo pudor;
Amanhã menos ardente
De repente
Talvez sintas meu amor.

---

* O texto, em francês, pode ser traduzido por: "Sem nomear o nome que é preciso abençoar e calar."; **S. Beuve:** Charles-Augustin Sainte-Beuve (1804-1869), crítico literário francês. (N.O.)

Pedido

Ontem no baile
Não me atendias!
Não me atendias,
Quando eu falava.

De mim bem longe
Teu pensamento!
Teu pensamento,
Bem longe errava.

Eu vi teus olhos
Sobre outros olhos!
Sobre outros olhos,
Que eu odiava.

Tu lhe sorriste
Com tal sorriso!
Com tal sorriso,
Que apunhalava.

Tu lhe falaste
Com voz tão doce!
Com voz tão doce,
Que me matava.

Oh! não lhe fales,
Não lhe sorrias,
Se então só qu'rias
Exp'rimentar-me.

Oh! não lhe fales,
Não lhe sorrias,
Não lhe sorrias,
Que era matar-me.

Minha vida e meus amores*

Mon Dieu, fais que je puisse aimer! **
S. Beuve

Quando, no albor da vida, fascinado
Com tanta luz e brilho e pompa e galas,
Vi o mundo sorrir-me esperançoso:
— Meu Deus, disse entre mim, oh! quanto é doce.
Quanto é bela esta vida assim vivida! —
Agora, logo, aqui, além, notando
Uma pedra, uma flor, uma lindeza,
Um seixo da corrente, uma conchinha
        À beira-mar colhida!
Foi esta a infância minha; a juventude
Falou-me ao coração: — amemos, disse,
        Porque amar é viver.
E esta era linda, como é linda a aurora
No fresco da manhã tingindo as nuvens
        De rósea cor fagueira;
Aquela tinha um quê de anelos meigos
        Artífice sublime;
Feiticeiro sorrir dos lábios dela
Prendeu-me o coração; — julguei-o ao menos.

Aquela outra sorria tristemente,
Como um anjo no exílio, ou como o cálix
De flor pendida e murcha e já sem brilho.
Humilde flor tão bela e tão cheirosa,
No seu deserto perfumando os ventos.
— Eu morrera feliz, dizia eu d'alma,
Se pudesse enxertar uma esperança
Naquela alma tão pura e tão formosa,
E um alegre sorrir nos lábios dela.
A fugaz borboleta as flores todas

---

* Postura puramente romântica do poeta, que desqualifica amores passageiros e carnais e pede a Deus o amor puro e virginal, porque verdadeiro. (N.O.)

** O texto, em francês, pode ser traduzido por: "Meu Deus, faze com que eu possa amar!". (N.O.)

Elege, e liba e uma e outra, e foge
Sempre em novos amores enlevada:
Neste meu paraíso fui como ela,
Inconstante vagando em mar de amores.

O amor sincero e fundo e firme e eterno,
Como o mar em bonança meigo e doce,
Do templo como a luz perene e santo,
Não, nunca o senti; — somente o viço
Tão forte dos meus anos, por amores
Tão fáceis quanto indi'nos fui trocando.
Quanto fui louco, ó Deus! — Em vez do fruto
Sazonado e maduro, que eu podia
Como em jardim colher, mordi no fruto
Pútrido e amargo e rebuçado em cinzas,
Como infante glutão, que se não senta
        À mesa de seus pais.
        Dá, meu Deus, que eu possa amar,
        Dá que eu sinta uma paixão,
        Torna-me virgem minha alma,
        E virgem meu coração.

Um dia, em qu'eu sentei-me junto dela,
Sua voz murmurou nos meus ouvidos,
— Eu te amo! — Ó anjo, que não possa eu crer-te!
Ela, certo, não é mulher que vive
Nas fezes da desonra, em cujos lábios
Só mentira e traição eterno habitam.
Tem uma alma inocente, um rosto belo,
E amor nos olhos... — mas não posso crê-la.

        Dá, meu Deus, que eu possa amar,
        Dá que eu sinta uma paixão,
        Torna-me virgem minha alma,
        E virgem meu coração.

---

30 **liba**: bebe, sorve. (N.O.)

39 **indi'nos**: indignos. (N.O.)

41 **sazonado**: pronto para ser apreciado, colhido. (N.O.)

Outra vez que lá fui, que a vi, que a medo
Terna voz lhe escutei: — Sonhei contigo! —
Inefável prazer banhou meu peito,
Senti delícias; mas a sós comigo
Pensei — talvez! — e já não pude crê-la.
Ela tão meiga e tão cheia de encantos,
Ela tão nova, tão pura e tão bela...
Amar-me! — Eu que sou?
Meus olhos enxergam, enquanto duvida
Minha alma sem crença, de força exaurida,
Já farta da vida,
Que amor não doirou.

Mau grado meu, crer não posso,
Mau grado meu que assim é;
Queres ligar-te comigo
Sem no amor ter crença e fé?

Antes vai colar teu rosto,
Colar teu seio nevado
Contra o rosto mudo e frio,
Contra o seio dum finado.

Ou suplica a Deus comigo
Que me dê uma paixão;
Que me dê crença à minha alma,
E vida ao meu coração.

---

74 **mau grado**: manteve-se a grafia original, "mau grado". (N.O.)

Recordação

Nessun maggior dolore...
DANTE*

Quando em meu peito as aflições rebentam
Eivadas de sofrer acerbo e duro;
Quando a desgraça o coração me arrocha
Em círculos de ferro, com tal força,
Que dele o sangue em borbotões golfeja;
Quando minha alma de sofrer cansada,
Bem que afeita a sofrer, sequer não pode
Clamar: Senhor piedade; — e que os meus olhos
Rebeldes, uma lágrima não vertem
Do mar d'angústias que meu peito oprime:
Volvo aos instantes de ventura, e penso
Que a sós contigo, em prática serena,
Melhor futuro me augurava, as doces
Palavras tuas, sôfregos, atentos
Sorvendo meus ouvidos, — nos teus olhos
Lendo os meus olhos tanto amor, que a vida
Longa, bem longa, não bastara ainda
Porque de os ver me saciasse!... O pranto
Então dos olhos meus corre espontâneo,
Que não mais te verei. — Em tal pensando
De martírios calar sinto em meu peito
Tão grande plenitude, que a minha alma
Sente amargo prazer de quanto sofre.

* O texto, em latim, pode ser traduzido por: "Nenhuma dor maior..."; **Dante**: Dante Alighieri (1265-1321), nascido em Florença, Itália, foi um dos maiores poetas da Idade Média. Seu poema épico *Divina comédia* está entre as mais respeitadas obras da literatura mundial. (N.O.)

Amor! Delírio — engano

Y el llanto que en su cólera derrama,
La hoguera apaga del antiguo amor!
ZORRILLA*

Amor! delírio — engano... Sobre a terra
Amor também fruí; a vida inteira
Concentrei num só ponto — amá-la, e sempre.
Amei! — dedicação, ternura, extremos
Cismou meu coração, cismou minha alma,
— Minha alma que na taça da ventura
Vida breve d'amor sorveu gostosa.
Eu e ela, ambos nós, na terra ingrata
Oásis, paraíso, éden ou templo
Habitamos uma hora; e logo o tempo
Com a foice roaz quebrou-lhe o encanto,
Doce encanto que o amor nos fabricara.

E eu sempre a via!... quer nas nuvens d'oiro,
Quando ia o sol nas vagas sepultar-se,
Ou quer na branca nuvem que velava
O círculo da lua, — quer no manto
D'alvacenta neblina que baixava
Sobre as folhas do bosque, muda e grave
Dá tarde no cair; nos céus, na terra,
A ela, a ela só, viam meus olhos.
Seu nome, sua voz — ouvia eu sempre;
Ouvia-os no gemer da parda rola,
No trépido correr da veia argêntea,
No respirar da brisa, no sussurro
Do arvoredo frondoso, na harmonia
Dos astros inefável; — o seu nome!

---

* O texto, em espanhol, pode ser traduzido por: "E o pranto que em sua cólera derrama, / Apaga a fogueira do antigo amor!"; **Zorrilla:** José Zorrilla y Moral (1817-1893), escritor espanhol, foi autor de poemas e dramas românticos com personagens tomados de lendas e de tradições populares da Espanha (*Don Juan Tenorio, A lenda do Cid*), além de memórias (*Recordações do velho tempo*). (N.O.)

11 **roaz:** destruidor. (N.O.)

Nos fugitivos sons de alguma frauta,
Que da noite o silêncio realçavam,
Os ares e a amplidão divinizando,
Ouviam meus ouvidos; e de ouvi-lo
Arfava de prazer meu peito ardente.

Ah! quantas vezes, quantas! junto dela
Não senti sua mão tremer na minha;
Não lhe escutei um lânguido suspiro,
Que vinha lá do peito à flor dos lábios
Deslizar-se e morrer?! Dos seus cabelos
A mágica fragrância respirando,
Escutando-lhe a voz doce e pausada,
Mil venturas colhi dos lábios dela,
Que instantes de prazer me futuravam.
Cada sorriso seu era uma esp'rança,
E cada esp'rança enlouquecer de amores.

E eu amei tanto! — Oh! não! não hão de os homens
Saber que amor, à ingrata, havia eu dado;
Que afetos melindrosos, que em meu peito
Tinha eu guardado para ornar-lhe a fronte!
Oh! não, — morra comigo o meu segredo;
Rebelde o coração murmure embora.

Que de vezes, pensando a sós comigo,
Não disse eu entre mim: — Anjo formoso,
Da minha vida que farei, se acaso
Faltar-me o teu amor um só instante;
— Eu que só vivo por te amar, que apenas
O que sinto por ti a custo exprimo?
No mundo que farei, como estrangeiro
Pelas vagas cruéis à praia inóspita
Exânime arrojado? — Eu, que isto disse,
Existo e penso — e não morri, — não morro
Do que outrora senti, do que ora sinto,
De pensar nela, de a rever em sonhos,
Do que fui, do que sou e ser podia!

Existo; e ela de mim jaz esquecida!
Esquecida talvez de amor tamanho,
Derramando talvez noutros ouvidos
Frases doces de amor, que dos seus lábios
Tantas vezes ouvi, — que tantas vezes
Em êxtase divino aos céus me alçaram,
— Que dando à terra ingrata o que era terra
Minha alma além das nuvens transportaram.
Existo! como outrora, no meu peito
Férvido o coração pular sentindo,
Todo o fogo da vida derramando
Em queixas mulheris, em moles versos.
E ela!... ela talvez nos braços doutrem
Com sua vida alimenta uma outra vida,
Com o seu coração o de outro amante,
Que mais feliz do que eu, inferno! a goza.
Ela, que eu respeitei, que eu venerava
Como a relíquia santa! — a quem meus olhos,
Receando ofendê-la, tantas vezes
De castos e de humildes se abaixaram!
Ela, perante quem sentia eu presa
A voz nos lábios e a paixão no peito!
Ela, ídolo meu, a quem o orgulho,
A força d'homem, o sentir, vontade
Própria e minha dediquei, — sujeita
À voz de alguém que não sou eu, — desperta,
Talvez no instante em que de mim se lembra,
Por um ósculo frio, por carícias
Devidas dum esposo!...
Oh, não poder-te,
Abutre roedor, cruel ciúme,
Tua funda raiz e a imagem dela
No peito em sangue espedaçar raivoso!

Mas tu, cruel, que és meu rival, numa hora,
Em que ela só julgar-se, hás de escutar-lhe
Um quebrado suspiro, do imo peito,

---

97 **imo**: íntimo. (N.O.)

Que d'eras já passadas se recorda.
Hás de escutá-lo, e ver-lhe a cor do rosto
Enrubecer-se ao deparar contigo!
Presa serás também d'atros cuidados,
Terás ciúme, e sofrerás qual sofro:
Nem menor que o meu mal quero a vingança.

---

101 **atros:** lúgubres. (N.O.)

O vate

No álbum de um poeta

Moi... j'aimerai ta victoire;
Pour mon coeur, ami de toute gloire,
Les triomphes d'autrui ne sont pas un affront:
Poète, j'eus toujours un chant pour les poètes.
Et jamais le laurier qui pare d'autre têtes
*Ne jeta d'ombre sur mon front.**
V. HUGO

Vate! vate! que és tu? — Nos seus extremos
Fadou-te Deus um coração de amores,
Fadou-te uma alma acesa borbulhando
Ardidos pensamentos, como a lava
Que o gigante Vesúvio arroja às nuvens.

Vate! vate! que és tu? — Foste ao princípio
Sacerdote e profeta;
Eram nos céus teus cantos uma prece,
Na terra um vaticínio.
E ele cantava então: — Jeová me disse,
Majestoso e terrível.
"Vês tu Jerusalém como orgulhosa
Campeia entre as nações, como no Líbano
Um cedro a cuja sombra a hissope cresce?
Breve a minha ira transformada em raios
Sobre ela cairá;
Um fero vencedor dentro em seus muros
Tributária a fará;
E quando escravos seus filhos, sobre pedra
Pedra não ficará."
E os réprobos de saco se vestiam,
Em pó, em cinza envoltos;

* O texto, em francês, pode ser traduzido por: "Eu... eu amarei tua vitória; / Para meu coração, amigo de toda glória, / Os triunfos de outrem não são uma afronta: / Poeta, tive sempre um canto para os poetas. / E jamais o louro que adorna outras cabeças / Lançou sombra em minha face". (N.O.)

10 **Jeová**: o nome de Deus no Antigo Testamento. (N.O.)

14 **hissope**: pequena planta trepadeira cujos galhos são geralmente usados para bênçãos. (N.O.)

21 **réprobos**: condenados. (N.O.)

E colando co'a terra os torpes lábios,
E açoitando co'as mãos o peito imbele,
Senhor! Senhor! — clamavam.
E o vate entanto o pálido semblante
Meditabundo sobre as mãos firmava,
Suplicando ao Senhor do interno d'alma.

Foram santos então. — Homero o mundo
Criou segunda vez, — o inferno o Dante, —
Milton o paraíso, — foram grandes!

E hoje!... em nosso exílio erramos tristes,
Mimosa esp'rança ao infeliz legando,
Maldizendo a soberba, o crime, os vícios;
E o infeliz se consola, e o grande treme.
Damos ao infante aqui do pão que temos,
E o manto além do mísero raquítico;
Somos hoje Cristãos.

---

24 **imbele**: covarde. (N.O.)

29 **Homero**: poeta grego considerado o autor das grandes epopeias *Ilíada* e *Odisseia*. Pouco se sabe a seu respeito, e alguns estudiosos chegam a negar sua existência. Muitos acreditam que os poemas tenham sido escritos entre 800 e 700 a.C. (N.O.)

31 **Milton**: John Milton (1608-1674) foi poeta e escritor inglês. Escreveu um dos maiores poemas épicos de todos os tempos, o "Paraíso perdido" (1667), baseado nos episódios bíblicos da criação e da queda de Satã e de Adão e Eva. (N.O.)

A escrava*

O bien qu'aucun bien ne peut rendre!
Ó Patrie! doux nom que l'exil fait comprendre!
Marino Faliero**

Oh! Doce país de Congo,
Doces terras d'além-mar!
Oh! dias de sol formoso!
Oh! noites d'almo luar!

Desertos de branca areia
De vasta, imensa extensão,
Onde livre corre a mente,
Livre bate o coração!

Onde a leda caravana
Rasga o caminho passando,
Onde bem longe se escuta
As vozes que vão cantando!

Onde longe inda se avista
O turbante muçulmano,
O Iatagã recurvado,
Preso à cinta do Africano!

Onde o sol na areia ardente
Se espelha, como no mar;
Oh! doces terras de Congo,
Doces terras d'além-mar!

Quando a noite sobre a terra
Desenrolava o seu véu,

---

* Neste poema, o poeta coloca que à escrava só é possível relembrar os tempos felizes na sua terra natal, pois no presente ela tem de atender aos mandos de seu senhor. (N.O.)

** O texto, em francês, pode ser traduzido por: "Ó bem que nenhum bem pode trazer! / Ó Pátria! doce nome que o exílio faz compreender!"; **Marino Faliero**: (1274-1355) foi doge de Veneza de 1354 a 1355 e, acusado de traição, foi decapitado. Sua história inspirou o drama *Marino Faliero* (1820), de lorde Byron. (N.O.)

15 **Iatagã**: arma de combate e execução usada principalmente por turcos e árabes. (N.O.)

Quando sequer uma estrela
Não se pintava no céu;

Quando só se ouvia o sopro
De mansa brisa fagueira,
Eu o aguardava — sentada
Debaixo da bananeira.

Um rochedo ao pé se erguia,
Dele à base uma corrente
Despenhada sobre pedras,
Murmurava docemente.

E ele às vezes me dizia:
— "Minha Alsgá, não tenhas medo;
Vem comigo, vem sentar-te
Sobre o cimo do rochedo".

E eu respondia animosa:
— "Irei contigo, onde fores!" —
E tremendo e palpitando
Me cingia aos meus amores.

Ele depois me tornava
Sobre o rochedo — sorrindo:
— "As águas desta corrente
Não vês como vão fugindo?
Tão depressa corre a vida,
Minha Alsgá; depois morrer
Só nos resta!... — Pois a vida
Seja instantes de prazer.

"Os olhos em torno volves
Espantados — Ah! também
Arfa o teu peito ansiado!...
Acaso temes alguém?

"Não receies de ser vista,
Tudo agora jaz dormente;

Minha voz mesmo se perde
No fragor desta corrente."

"Minha Alsgá, por que estremeces?
Por que me foges assim?
Não te partas, não me fujas,
Que a vida me foge a mim!

"Outro beijo acaso temes,
Expressão de amor ardente?
Quem o ouviu? — o som perdeu-se
No fragor desta corrente."

Assim praticando amigos
A aurora nos vinha achar!
Oh! doces terras de Congo,
Doces terras d'além-mar!

Do ríspido senhor a voz irada
        Rábida soa,
Sem o pranto enxugar a triste escrava
        Pávida voa.
Mas era em mora por cismar na terra,
        Onde nascera,
Onde vivera tão ditosa, e onde
        Morrer devera!
Sofreu tormentos, porque tinha um peito,
        Qu'inda sentia;
Mísera escrava! no sofrer cruento,
        "Congo!" dizia.

---

70 **rábida:** raivosa. (N.O.)

69-78 Os versos dizem que, embora chorando por ter sonhado com a terra natal, a escrava corre para atender ao chamado de seu senhor. (N.O.)

O desterro de um pobre velho*

Et dulces moriens reminiscitur Argos.
VIRGÍLIO**

O! schwer ist's, in der Fremde sterben unbeweint!
SCHILLER***

A aurora vem despontando,
Não tarda o sol a raiar;
Cantam aves, — a natura
Já começa a respirar.
Bem mansa na branca areia
Onda queixosa murmura,
Bem mansa aragem fagueira
Entre a folhagem sussurra.
É hora cheia de encantos,
É hora cheia de amor;
A relva brilha enfeitada,
Mais fresca se mostra a flor.
Esbelta joga a fragata,
Como um corcel a nitrir;
Suspensa a amarra tem presa,
Suspensa, que vai partir.
Em demanda da fragata,
Leve barco vem vogando;
Nele um velho cujas faces
Mudo choro está cortando.
Quem era o velho tão nobre,
Que chorava,

---

* A musicalidade e o ritmo deste poema o fazem um dos mais famosos escritos por Gonçalves Dias. (N.O.)

** O texto, em italiano, pode ser traduzido por: "E morrendo lembra-se da doce Argos"; **Virgílio**: (70 a.C.-19 a.C.) foi o maior poeta da Roma antiga e um dos grandes poetas da humanidade. Sua obra-prima é *Eneida*, considerada a epopeia nacional de Roma. (N.O.)

*** O texto, em alemão, pode ser traduzido por: "Ó! Como é penoso morrer no estrangeiro sem alguém para o lamentar!"; **Schiller**: Friedrich von Schiller (1759-1805) está entre as principais figuras da literatura alemã. Reconhecido dramaturgo, suas peças são apelos pela liberdade e dignidade do homem. Elas inspiram os liberais alemães em sua luta pela liberdade no início do século XIX e na Revolução de 1848. (N.O.)

14 **nitrir**: relinchar. (N.O.)

Por assim deixar seus lares,
Que deixava?
"Ancião, por que te ausentas?
Corres tu trás de ventura?
"Louco! a morte já vem perto.
Tens aberta a sepultura.
"Louco velho, já não sentes
Bater frouxo o coração?
Oh! que o sente! — É lei d'exílio
A que o leva em tal sazão!
"Não ver mais a cara pátria
Não ver mais o que deixava,
Não ver nem filhos, nem filhas,
Nem o casal, que habitava!...
"Oh! que é má pena de morte,
A pena de proscrição;
Traz dores que martirizam,
Negra dor de coração!
"Pobre velho! — longe, longe
Vais sustento mendigar;
Tens de sofrer novas dores,
Novos males que penar.
"Não t'há de valer a idade,
Nem a dor tamanha e nobre;
Tens de tragar vis afrontas,
— Insultos que sofre o pobre!

Nada acharás no degredo,
Que fale dos filhos teus;
Ninguém sente a dor do pobre...
Só te fica a mão de Deus.

"O sol, que além vês raiando
Entre nuvens de carmim,
Noutros climas, noutras terras

---

32 **sazão**: ocasião. (N.O.)

36 **casal**: lugar, sítio. (N.O.)

38 **proscrição**: desterro. (N.O.)

Não verás raiar assim.
"Não verás a rocha erguida,
Onde t'ias assentar;
Nem o som bem conhecido
Do teu sino hás de escutar.
"Há de cair sobre as ondas
O pranto do teu sofrer,
E nesse abismo salgado,
Salgado se há de perder."
Já chegou junto à fragata,
Já na escada se apoiou,
Já com voz intercortada
Último adeus soluçou.
Canta o nauta, e solta as velas
Ao vento que o vai guiar;
E a fragata muita veleira
Vai fugindo sobre o mar.
E o velho sempre em silêncio
A calva testa dobrou,
E pranto mais abundante
O rosto senil cortou.
Inda se vê a branca vela
Do navio, que partiu;
Mais além — inda se avista!
Mais além — já se sumiu!

Quadras da minha vida
(fragmentos)

Recordação e desejo
Ao meu bom amigo — o dr. A. Rego

Sol chi non lascia eredità d'affetti
Poca gioia ha dell'urna.
Foscolo*

I
Houve tempo em que os meus olhos
Gostavam do sol brilhante,
E do negro véu da noite,
E da aurora cintilante.
Gostavam da branca nuvem
Em céu de azul espraiada,
Do terno gemer da fonte
Sobre pedras despenhada.
Gostavam das vivas cores
De bela flor vicejante,
E da voz imensa e forte
Do verde bosque ondeante.
Inteira a natureza me sorria!
A luz brilhante, o sussurrar da brisa,
O verde bosque, o rosicler d'aurora,
Estrelas, céus, e mar, e sol, e terra,
D'esperança e d'amor minha alma ardente,
De luz e de calor meu peito enchiam.
Inteira a natureza parecia
Meus mais fundos, mais íntimos desejos
Perscrutar e cumprir; — almo sorriso
Parecia enfeitar co'os seus encantos,
Com todo o seu amor compor, doirá-lo,

---

* O texto, em italiano, pode ser traduzido por: "Só quem não deixa herança de afetos / sente pouca alegria diante da morte"; **Foscolo**: Ugo Foscolo (1778-1827), escritor italiano, é autor de *As últimas cartas de Jacopo Ortis* (1802). Muitos dos sonetos e odes de Foscolo falam de decepções pessoais. (N.O.)

15 **rosicler**: tonalidade róseo-pálida. (N.O.)

21 **almo**: encantador. (N.O.)

Porque os meus olhos deslumbrados vissem-no,
Porque minha alma de o sentir folgasse.

Oh! Quadra tão feliz! — Se ouvia a brisa
Nas folhas sussurrando, o som das águas,
Dos bosques o rugir; — se os desejava,
— O bosque, a brisa, a folha, o trepidante
Das águas murmurar prestes ouvia.
Se o sol doirava os céus, se a lua casta,
Se as tímidas estrelas cintilavam,
Se a flor desabrochava envolta em musgo,
— Era a flor que eu amava, — eram estrelas
Meus amores somente, o sol brilhante,
A lua merencória — os meus amores!
Oh! quadra tão feliz! — doce harmonia,
Acordo estreme de vontade e força,
Que atava minha vida à natureza!
Ela era para mim bem como a esposa
Recém-casada, púdica sorrindo;
Alma de noiva — coração de virgem,
Que a minha vida inteira abrilhantava!
Quando um desejo me brotava n'alma,
Ela o desejo meu satisfazia;
E o quer que ela fizesse ou me dissesse,
Esse era o meu desejo, essa a voz minha,
Esse era o meu sentir do fundo d'alma,
Expresso pela voz que eu mais amava.

II

Agora a flor que m'importa,
        Ou a brisa perfumada,
Ou o som d'amiga fonte
        Sobre pedras despenhada?
Que me importa a voz confusa

---

24 **porque:** para que. (N.O.)

26 **quadra:** tempo. (N.O.)

38 **estreme:** puro, genuíno. (N.O.)

41 **púdica:** variante do vocábulo *pudica*. Veja que, dada a acentuação do verso, não se pode usar a palavra grafada como paroxítona. (N.O.)

Do bosque verde-frondoso,
Que m'importa a branca lua,
Que m'importa o sol formoso?
Que m'importa a nova aurora,
Quando se pinta no céu;
Que m'importa a feia noite,
Quando desdobra o seu véu?
Estas cenas, que amei, já me não causam
Nem dor e nem prazer! — Indiferente,
Minha alma um só desejo não concebe,
Nem vontade já tem!... Oh! Deus! quem pôde
Do meu imaginar as puras asas
Cercear, desprender-lhe as níveas plumas,
Rojá-las sobre o pó, calcá-las tristes?
Perante a criação tão vasta e bela
Minha alma é como a flor que pende murcha;
É qual profundo abismo: — embalde estrelas
Brilham no azul dos céus, embalde a noite
Estende sobre a terra o negro manto:
Não pode a luz chegar ao fundo abismo,
Nem pode a noite enegrecer-lhe a face;
Não pode a luz à flor prestar mais brilho
Nem viço e nem frescor prestar-lhe a noite!
[...]

Hinos*

Singe dem Herrn mein Lied, und du, begeisterte Seele,
Werde ganz Jubel dem Gott, den alle Wesen bekennen!
WIELAND**

Mesquinho tributo de profunda amizade ao Dr. J. D. Lisboa Serra

O mar

Oceano terrível, mar imenso
De vagas procelosas que se enrolam
Floridas rebentando em branca espuma
Num polo e noutro polo,
Enfim... enfim te vejo; enfim meus olhos
Na indômita cerviz trêmulos cravo,
E esse rugido teu sanhudo e forte
Enfim medroso escuto!
Donde houveste, ó pélago revolto,
Esse rugido teu? Em vão dos ventos
Corre o insano pegão lascando os troncos,
E do profundo abismo
Chamando à superfície infindas vagas,
Que avaro encerras no teu seio undoso;
Ao insano rugir dos ventos bravos
Sobressai teu rugido.
Em vão troveja horríssona tormenta;
Essa voz do trovão, que os céus abala,
Não cobre a tua voz. — Ah! donde a houveste,

* O poeta chamou de "Hinos" a um conjunto de poemas inserido em *Primeiros cantos*. São eles: "O mar", "Ideia de Deus", "O romper d'alva", "A tarde", "O templo", "Te Deum" e "Adeus" – os três últimos não estão presentes neste livro. (N.O.)

** O texto, do alemão, pode ser traduzido por: "Canta ao senhor minha canção, e tu, alma entusiasmada, / Sê inteira júbilo ao Deus que todos os seres reconhecem!"; **Wieland**: Cristoph Martin Wieland (1733-1813), escritor alemão, exerceu grande influência sobre Goethe e outros escritores românticos da Alemanha. Escreveu *Oberon* e *Agaton*, entre outras obras. (N.O.)

9 **pélago**: mar profundo. (N.O.)

11 **pegão**: redemoinho. (N.O.)

14 **undoso**: em que há ondas. (N.O.)

Majestoso oceano?
Ó mar, o teu rugido é um eco incerto
Da criadora voz, de que surgiste:
Seja, disse; e tu foste, e contra as rochas
As vagas compeliste.
E à noite, quando o céu é puro e limpo,
Teu chão tinges de azul, — tuas ondas correm
Por sobre estrelas mil; turvam-se os olhos
Entre dois céus brilhantes.
Da voz de Jeová um eco incerto
Julgo ser teu rugir; mas só, perene,
Imagem do infinito, retratando
As feituras de Deus.
Por isto, a sós contigo, a mente livre
Se eleva, aos céus remonta ardente, altiva,
E deste lodo terreal se apura
Bem como o bronze ao fogo.
Férvida a Musa, co'os teus sons casada,
Glorifica o Senhor de sobre os astros
Co'a fronte além dos céus, além das nuvens,
E co'os pés sobre ti.
O que há mais forte do que tu? Se eriças
A coma perigosa, a nau possante,
Extremo de artifício, em breve tempo
Se afunda e se aniquila.
És poderoso sem rival na terra;
Mas lá te vais quebrar num grão d'areia,
Tão forte contra os homens, tão sem força
Contra coisa tão fraca!
Mas nesse instante que me está marcado,
Em que hei de esta prisão fugir p'ra sempre
Irei tão alto, ó mar, que lá não chegue
Teu sonoro rugido.
Então mais forte do que tu, minha alma,
Desconhecendo o temor; o espaço, o tempo,

---

29 **Jeová:** o nome de Deus no Antigo Testamento. (N.O.)

33-35 Os versos dizem que a mente se eleva e se purifica desse lamaçal. (N.O.)

42 **coma:** cabeleira, juba; aqui, com o sentido de grandes ondas. (N.O.)

Quebrará num relance o circ'lo estreito
Do finito e dos céus!
Então, entre miríadas de estrelas,
Cantando hinos d'amor nas harpas d'anjos,
Mais forte soará que as tuas vagas,
Mordendo a fulva areia;
Inda mais doce que o singelo canto
De merencória virgem, quando a noite
Ocupa a terra, — e do que a mansa brisa,
Que entre flores suspira.

---

60 **fulva**: aloirada, clara. (N.O.)

62 **merencória**: misericordiosa. (N.O.)

Ideia de Deus
(fragmento)*

Gross ist der Herr! Die Himmel ohne Zahl Sind seine Wohnungen!
Seine Wagen die donnernden Gewölke, Und Blitze sein Gespann.
KLEIST**

I
À voz de Jeová infindos mundos
Se formaram do nada;
Rasgou-se o horror das trevas, fez-se o dia,
E a noite foi criada.
Luziu no espaço a lua! sobre a terra
Rouqueja o mar raivoso,
E as esferas nos céus ergueram hinos
Ao Deus prodigioso.
Hino de amor a criação, que soa
Eternal, incessante,
Da noite no remanso, no ruído
Do dia cintilante!
A morte, as aflições, o espaço, o tempo,
O que é para o Senhor?
Eterno, imenso, que lh'importa a sanha
Do tempo roedor?
Como um raio de luz, percorre o espaço,
E tudo nota e vê —
O argueiro, os mundos, o universo, o justo;
E o homem que não crê.
E ele que pode aniquilar os mundos,
Tão forte como ele é,
E vê e passa, e não castiga o crime,
Nem o ímpio sem fé!
Porém quando corrupto um povo inteiro
O Nome seu maldiz,

* O poema integral contém três cantos. (N.O.)

** O texto, em alemão, pode ser traduzido por: "Grande é o Senhor! Os céus sem conta são suas moradas! Suas carruagens, as nuvens trovejantes, e raios, sua parelha."; **Kleist**: Ewald Christian von Kleist (1715-1759), poeta lírico alemão. (N.O.)

1 **Jeová**: o nome de Deus no Antigo Testamento. (N.O.)

Quando só vive de vingança e roubos,
Julgando-se feliz;
Quando o ímpio comanda, quando o justo
Sofre as penas do mal,
E as virgens sem pudor, e as mães sem honra.
E a justiça venal;
Ai da perversa, da nação maldita,
Cheia de ingratidão,
Que há de ela mesma sujeitar seu colo
À justa punição.
Ou já terrível peste expande as asas,
Bem lenta a esvoaçar;
Vai de uns a outros, dos festins conviva,
Hóspede em todo o lar!
Ou já torvo rugir da guerra acesa
Espalha a confusão;
E a esposa, e a filha, de terror opresso,
Não sente o coração.
E o pai, e o esposo, no morrer cruento,
Vomita o fel raivoso;
— Milhões de insetos vis que um pé gigante
Enterra em chão lodoso.
E do povo corrupto um povo nasce
Esperançoso e crente.
Como do podre e carunchoso tronco
Hástea forte e virente.
[...]

---

29 **ímpio:** incrédulo, herege. (N.O.)

43 **opresso:** oprimido. (N.O.)

O romper d'alva

Quand ta corde n'aurait qu'un son,
Harpe fidèle, chante encore
Le Dieu que ma jeunesse adore.
Car c'est un hymme que son nom.
LAMARTINE*

Do vento o rijo sopro as mansas ondas
Varreu do imenso pego, — e o mar rugindo
Às nuvens se elevou com fúria insana;
Enoveladas vagas se arrojaram
Ao céu co'a branca espuma!
Raivando em vão se encontram soluçando
Na base d'erma rocha descalvada;
Em vão de fúrias crescem, que se quebra
A força enorme do impotente orgulho
Na rocha altiva ou na arenosa praia.
Da tormenta o furor lhe acende os brios,
Da tormenta o furor lh'enfreia as iras,
Que em teimosos gemidos se descerram,
Da quieta noite despertando os ecos
Além, no vale humilde, onde não chega
Seu sanhudo gemer, que o dia abafa.

Mas a brisa sussurrando
A face do céu varreu,
Tristes nuvens espalhando,
Que a noite em ondas verteu.

Além, atrás da montanha,
Branda luz se patenteia,

---

* O texto, em francês, pode ser traduzido por: "Quando tua corda não tiver senão um som, / Harpa fiel, canta ainda / O Deus que minha juventude adora. / Pois é um hino o seu nome."; **Lamartine**: Alphonse de Lamartine (1790-1869), poeta e político francês. Seu primeiro livro, *Meditações poéticas* (1820), transformou-se em uma obra fundamental para o desenvolvimento da literatura romântica francesa. (N.O.)

12 **enfreia**: reprime, suspende. (N.O.)

16 **sanhudo**: temível, assustador. (N.O.)

Que d'alma a dor afugenta,
Se dentro sentida anseia.
Branda luz, que afaga a vista,
De que se ama o céu tingir,
Quando entre o azul transparente
Parece alegre sorrir;
Como és linda! — Como dobras
Da vida a força e do amor!
— Que também luz dentro d'alma
Teu luzir encantador!
No teu ameno silêncio
A tormenta se perdeu,
E do mar a forte vida
Nos abismos se escondeu!
Por que assim de novo agora
Que o vento o não vem toldar,
Parece que vai queixoso
Mansamente a soluçar?
Por que as ramas do arvoredo,
Bem como as ondas do mar,
Sem correr sopro de vento,
Começam de murmurar?
Sobre o tapiz d'alva relva,
— Rocio da madrugada —
Destila gotas de orvalho
A verde folha inclinada.
Renascida a natureza
Parece sentir amor;
Mais brilhante, mais viçosa
O cálix levanta a flor.
Por entre as ramas ocultas,
Docemente a gorjear,
Acordam trinando as aves,
Alegres, no seu trinar.
O arvoredo nessa língua
Que diz, por que assim sussurra?
Que diz o cantar das aves?
Que diz o mar que murmura?
— Dizem um nome sublime,

O nome do que é Senhor,
Um nome que os anjos dizem,
O nome do Criador.
Também eu, Senhor, direi
Teu nome — do coração,
E ajuntarei o meu hino
Ao hino da criação.
Quando a dor meu peito acanha,
Quando me rala a aflição.
Quando nem tenho na terra
Mesquinha consolação;
Tu, Senhor, do peso insano
Livras meu peito arquejante,
Secas-me o pranto que os olhos
Vertendo estão abundante.
Tu pacificas minha alma
Quando se rasga com pena,
Como a noite, que se esconde
Na luz da manhã serena.
Tu és a luz do universo,
Tu és o ser criador,
Tu és o amor, és a vida,
Tu és meu Deus, meu Senhor.
Direi nas sombras da noite,
Direi ao romper da aurora:
— Tu és o Deus do universo,
O Deus que minha alma adora.
Também eu, Senhor, direi
Teu nome — do coração,
E ajuntarei o meu hino
Ao hino da criação.

---

73 **insano:** excessivo. (N.O.)

A tarde

Ave Maria! blessed be the hour!
The time, the clime, the spot where I so oft
Have felt that moment in its fullest power
Sink o'er the earth so beautiful and soft...
BYRON*

Oh tarde, oh bela tarde, oh meus amores,
Mãe da meditação, meu doce encanto!
Os rogos da minha alma enfim ouviste,
E grato refrigério vens trazer-lhe
No teu remansear prenhe de enlevos!
Enquanto de te ver gostam meus olhos,
Enquanto sinto a minha voz nos lábios,
Enquanto a morte me não rouba à vida,
Um hino em teu louvor minha alma exale,
Oh tarde, oh bela tarde, oh meus amores!

I

É bela a noite, quando grave estende
Sobre a terra dormente o negro manto
De brilhantes estrelas recamado;
Mas nessa escuridão, nesse silêncio
Que ela consigo traz, há um quê de horrível
Que espanta e desespera e geme n'alma;
Um quê de triste que nos lembra a morte!
No romper d'alva há tanto amor, tal vida,
Há tantas cores, brilhantismo e pompa,
Que fascina, que atrai, que a amar convida;
Não pode suportá-la homem que sofre,
Órfãos de coração não podem vê-la.

Só tu, feliz, só tu, a todos prendes!
A mente, o coração, sentidos, olhos,

---

* O texto, em inglês, pode ser traduzido por: "Ave Maria! bendita seja a hora! / Bendita a época, a região, o lugar onde eu tantas vezes / Senti aquele momento em toda sua plenitude / Descer sobre a terra tão belo e tão doce..."; **Byron**: Lord George Gordon Byron (1788-1824), poeta inglês romântico, é autor do famoso poema "Don Juan" (1823), personagem que se transformou em grande herói, símbolo do romantismo. (N.O.)

A ledice e a dor, o pranto e o riso,
Folgam de te avistar; — são teus, — és deles
Homem que sente dor folga contigo,
Homem que tem prazer folga de ver-te!
Contigo simpatizam, porque és bela,
Qu'és mãe de merencórios pensamentos,
Entre os céus e a terra êxtase doce,
Entre dor e prazer celeste arroubo.

II
A brisa que murmura na folhagem,
As aves que pipitam docemente,
A estrela que desponta, que rutila,
Com duvidosa luz ferindo os mares,
O sol que vai nas águas sepultar-se
Tingindo o azul dos céus de branco e d'oiro;
Perfumes, murmurar, vapores, brisa,
Estrelas, céus e mar, e sol e terra,
Tudo existe contigo, e tu és tudo.

III
Homem que vive agro viver de corte,
Indiferente olhar derrama a custo
Sobre os fulgores teus; — homem do mundo
Mal pode o desbotado pensamento
Revolver sobre o pó; mas nunca, oh nunca!
Há de elevar-se a Deus, e nunca há de ele
Na abóbada celeste ir pendurar-se,
Como de rósea flor pendente abelha.
Homem da natureza, esse contemple
De púrpura tingir a luz que morre
As nuvens lá no ocaso vacilantes!
Há de vida melhor sentir no peito,
Sentir doce prazer sorrir-lhe n'alma,

---

25 **ledice**: alegria. (N.O.)

26 **folgam**: têm prazer. (N.O.)

30 **merencórios**: melancólicos. (N.O.)

42 **Homem que vive agro viver de corte**: "O homem que vive vida desgostosa na corte". (N.O.)

E fonte de ternura inesgotável
Do fundo coração brotar-lhe em ondas.

Hora do pôr do sol! — hora fagueira,
Qu'encerras tanto amor, tristeza tanta!
Quem há que de te ver não sinta enlevos,
Quem há na terra que não sinta as fibras
Todas do coração pulsar-lhe amigas,
Quando desse teu manto as pardas franjas
Soltas, roçando a habitação dos homens?
Há i prazer tamanho que embriaga,
Há i prazer tão puro, que parece
Haver anjos dos céus com seus acordes
A mísera existência acalentado!

IV
Sócia do forasteiro, tu, saudade,
Nesta hora os teus espinhos mais pungentes
Cravas no coração do que anda errante.
Só ele, o peregrino, onde acolher-se,
Não tem tugúrio seu, nem pai, nem 'sposa,
Ninguém que o espere com sorrir nos lábios
E paz no coração, — ninguém que estranhe,
Que anseie aflito de o não ver consigo!
Cravas então, Saudade, os teus espinhos;
E eles, tão pungentes, tão agudos,
Varando o coração de um lado a outro,
Nem trazem dor, nem desespero incitam;
Mas remanso de dor, mas um suave
Recordar do passado, — um quê de triste
Que ri ao coração, chamando aos olhos
Tão espontâneo, tão fagueiro pranto,
Que não fora prazer não derramá-lo.

E quem — ah tão feliz! — quem peregrino
Sobre a terra não foi? Quem sempre há visto

64 **Há i:** advérbio aí (houve aférese: supressão de fonema(s) no início de uma palavra). (N.O.)
72 **tugúrio:** cabana, abrigo. (N.O.)

Sereno e brando deslizar-se o fumo
Sobre o teto dos seus; e sobre os cumes
Que os seus olhos hão visto à luz primeira
Crescer branca neblina que se enrola,
Como incenso que aos céus a terra envia?
Tão feliz! quando a morte envolta em pranto
Com gelado suor lh'enerva os membros,
Procura inda outra mão co'a mão sem vida,
E o extremo cintilar dos olhos baços,
De um ente amado procurando os olhos,
Sem prazer, mas sem dor, ali se apaga.
O exilado! esse não; tão só na vida,
Como no passamento ermo e sozinho,
Sente dores cruéis, turvos pesares
Do leito aflito esvoaçar-lhe em torno,
Roçar-lhe o frio, o pálido semblante,
E o instante derradeiro amargurar-lhe.
Porém, no meu passar da vida à morte,
Possa co'a extrema luz destes meus olhos
Trocar último adeus com os teus fulgores!
Ah! possa o teu alento perfumado,
Do que na terra estimo, docemente
Minha alma separar, e derramá-la
Como um vago perfume aos pés do Eterno.

Não me deixes!

Debruçada nas águas dum regato
A flor dizia em vão
À corrente, onde bela se mirava...
"Ai, não me deixes, não!
Comigo fica ou leva-me contigo
Dos mares à amplidão,
Límpido ou turvo, te amarei constante
Mas não me deixes, não!"
E a corrente passava; novas águas
Após as outras vão;
E a flor sempre a dizer curva na fonte:
"Ai, não me deixes, não!"
E das águas que fogem incessantes
À eterna sucessão
Dizia sempre a flor, e sempre embalde:
"Ai, não me deixes, não!"
Por fim desfalecida e a cor murchada,
Quase a lamber o chão,
Buscava inda a corrente por dizer-lhe
Que a não deixasse, não.
A corrente impiedosa a flor enleia,
Leva-a do seu torrão;
A afundar-se dizia a pobrezinha:
"Não me deixaste, não!"

22 **torrão:** pedaço de terra. (N.O.)

Ainda uma vez — Adeus!*

I

Enfim te vejo! — enfim posso,
Curvado a teus pés, dizer-te,
Que não cessei de querer-te,
Pesar de quanto sofri.
Muito penei! Cruas ânsias,
Dos teus olhos afastado,
Houveram-me acabrunhado,
A não lembrar-me de ti!

II

Dum mundo a outro impelido,
Derramei os meus lamentos
Nas surdas asas dos ventos,
Do mar na crespa cerviz!
Baldão, ludíbrio da sorte
Em terra estranha, entre gente,
Que alheios males não sente,
Nem se condói do infeliz!

III

Louco, aflito, a saciar-me
D'agravar minha ferida,
Tomou-me tédio da vida,
Passos da morte senti;
Mas quase no passo extremo,
No último arcar da esp'rança,
Tu me vieste à lembrança:
Quis viver mais e vivi!

IV

Vivi; pois Deus me guardava
Para este lugar e hora!

---

* Um dos poemas mais conhecidos e belos de Gonçalves Dias (incluído em *Novos cantos*), aqui reproduzido integralmente. (N.O.)

12 **cerviz:** cabeça, pescoço, significando "altas ondas do mar". (N.O.)

13 **baldão:** má sorte; azar. (N.O.)

Depois de tanto, senhora,
Ver-te e falar-te outra vez;
Rever-me em teu rosto amigo,
Pensar em quanto hei perdido,
E este pranto dolorido
Deixar correr a teus pés.

V
Mas que tens? Não me conheces?
De mim afastas teu rosto?
Pois tanto pôde o desgosto
Transformar o rosto meu?
Sei a aflição quanto pode,
Sei quanto ela desfigura,
E eu não vivi na ventura...
Olha-me bem, que sou eu!

VI
Nenhuma voz me diriges!...
Julgas-te acaso ofendida?
Deste-me amor, e a vida
Que ma darias — bem sei;
Mas lembrem-te aqueles feros
Corações, que se meteram
Entre nós; e se venceram,
Mal sabes quanto lutei!

VII
Oh! se lutei!... mas devera
Expor-te em pública praça,
Como um alvo à populaça,
Um alvo aos ditérios seus!
Devera, podia acaso
Tal sacrifício aceitar-te
Para no cabo pagar-te,
Meus dias unindo aos teus?

---

52 **ditérios**: zombarias, fofocas. No original, *dictérios*. (N.O.)

VIII
Devera, sim; mas pensava,
Que de mim t'esquecerias,
Que, sem mim, alegres dias
T'esperavam; e em favor
De minhas preces, contava
Que o bom Deus me aceitaria
O meu quinhão de alegria
Pelo teu quinhão de dor!

IX
Que me enganei, ora o vejo;
Nadam-te os olhos em pranto,
Arfa-te o peito, e no entanto
Nem me podes encarar;
Erro foi, mas não foi crime,
Não te esqueci, eu to juro:
Sacrifiquei meu futuro,
Vida e glória por te amar!

X
Tudo, tudo; e na miséria
Dum martírio prolongado,
Lento, cruel, disfarçado,
Que eu nem a ti confiei;
"Ela é feliz (me dizia)
Seu descanso é obra minha."
Negou-me a sorte mesquinha...
Perdoa, que me enganei!

XI
Tantos encantos me tinham,
Tanta ilusão me afagava
De noite, quando acordava,
De dia em sonhos talvez!
Tudo isso agora onde para?
Onde a ilusão dos meus sonhos?
Tantos projetos risonhos,
Tudo esse engano desfez!

XII

Enganei-me!... — Horrendo caos
Nessas palavras se encerra,
Quando do engano, quem erra,
Não pode voltar atrás!
Amarga irrisão! reflete:
Quando eu gozar-te pudera,
Mártir quis ser, cuidei qu'era...
E um louco fui, nada mais!

XIII

Louco, julguei adornar-me
Com palmas d'alta virtude!
Que tinha eu bronco e rude
Co'o que se chama ideal?
O meu eras tu, não outro;
Stava em deixar minha vida
Correr por ti conduzida,
Pura, na ausência do mal.

XIV

Pensar eu que o teu destino
Ligado ao meu, outro fora,
Pensar que te vejo agora,
Por culpa minha, infeliz;
Pensar que a tua ventura
Deus *ab aeterno* a fizera,
No meu caminho a pusera...
E eu! eu fui que a não quis!

XV

És doutro agora, e p'ra sempre!
Eu a mísero desterro
Volto, chorando o meu erro,
Quase descrendo dos céus!
Dói-te de mim, pois me encontras

---

94 **gozar-te**: viver alegremente a teu lado. (N.O.)

110 ***ab aeterno***: desde sempre. (N.O.)

Em tanta miséria posto,
Que a expressão deste desgosto
Será um crime ante Deus!

XVI
Dói-te de mim, que t'imploro
Perdão, a teus pés curvado;
Perdão!... de não ter ousado
Viver contente e feliz!
Perdão da minha miséria,
Da dor que me rala o peito,
E se do mal que te hei feito,
Também do mal que me fiz!

XVII
Adeus qu'eu parto, senhora;
Negou-me o fado inimigo
Passar a vida contigo,
Ter sepultura entre os meus;
Negou-me nesta hora extrema,
Por extrema despedida,
Ouvir-te a voz comovida
Soluçar um breve Adeus!

XVIII
Lerás porém algum dia
Meus versos, d'alma arrancados,
D'amargo pranto banhados,
Com sangue escritos; — e então
Confio que te comovas,
Que a minha dor te apiade,
Que chores, não de saudade,
Nem de amor, — de compaixão.

COMENTÁRIO CRÍTICO

Há muitos poemas dedicados à amada Ana Amélia Ferreira do Vale, com quem o poeta não se casou por recusa da mãe da moça, aparentemente por preconceito racial. "Seus olhos", "Se te amo, não sei!", "Como! És tu?" (póstumo), o famosíssimo "Ainda uma vez – Adeus!" e este "Se se morre de amor!". Dizem alguns biógrafos que o poema "Se se morre de amor!" foi inspirado a partir de conversas com senhoras que contestavam "que amor pudesse matar".

O poema traz, de maneira mais direta e clara, um conceito do amor eterno e verdadeiro que não sucumbe às aparências falsas da vida em sociedade. Podemos observar que os vocábulos usados para desqualificar o falso amor (fascinação, delírio, ilusão, devaneio) são compostos com substantivos abstratos e vagos, enquanto ao amor verdadeiro o poeta atribui ações vigorosas e substantivos que remetem à luz e à amplitude. De certa forma, o poema, dentro de certo dualismo romântico, é uma profissão de fé amorosa. Para Manuel Bandeira, o jogo de cadências aqui presentes atingiu uma flexibilidade de força e leveza jamais ultrapassada na língua. E Gonçalves Dias sabia usar muito bem o estribilho ("Desse amor se morre") em hora e cadência certas.

Se se morre de amor!

Meere und Berge und Horizonte zwischen den Liebenden — aber die Seelen versetzen sich aus dem staubigen Kerker und treffen sich im Paradiese der Liebe.
SCHILLER, *Die Räuber**

Se se morre de amor! — Não, não se morre,
Quando é fascinação que nos surpreende
De ruidoso sarau entre os festejos;
Quando luzes, calor, orquestra e flores
Assomos de prazer nos raiam n'alma,
Que embelezada e solta em tal ambiente
No que ouve, e no que vê prazer alcança!

Simpáticas feições, cintura breve,
Graciosa postura, porte airoso,
Uma fita, uma flor entre os cabelos,
Um quê mal definido, acaso podem
Num engano d'amor arrebatar-nos.
Mas isso amor não é; isso é delírio,
Devaneio, ilusão, que se esvaece
Ao som final da orquestra, ao derradeiro
Clarão, que as luzes no morrer despedem:
Se outro nome lhe dão, se amor o chamam,
D'amor igual ninguém sucumbe à perda.

Amor é vida; é ter constantemente
Alma, sentidos, coração — abertos,
Ao grande, ao belo; é ser capaz d'extremos,
D'altas virtudes, té capaz de crimes!
Compr'ender o infinito, a imensidade,
E a natureza e Deus; gostar dos campos,
D'aves, flores, murmúrios solitários;

---

* O texto, em alemão, pode ser traduzido por: "Mares e montanhas e horizontes entre os amantes – mas as almas saem do cárcere coberto de pó e se encontram no paraíso do amor."; ***Die Räuber***: peça do escritor alemão Friedrich von Schiller (1759-1805) publicada em 1781. (N.O.)

5 **assomos**: indícios, sinais. (N.O.)

22 **té**: até. (N.O.)

Buscar tristeza, a soledade, o ermo,
E ter o coração em riso e festa;
E à branda festa, ao riso da nossa alma
Fontes de pranto intercalar sem custo;
Conhecer o prazer e a desventura
No mesmo tempo, e ser no mesmo ponto
O ditoso, o misérrimo dos entes:
Isso é amor, e desse amor se morre!
Amar, e não saber, não ter coragem
Para dizer que amor que em nós sentimos;
Temer qu'olhos profanos nos devassem
O templo, onde a melhor porção da vida
Se concentra; onde avaros recatamos
Essa fonte de amor, esses tesouros
Inesgotáveis, d'ilusões floridas;
Sentir, sem que se veja, a quem se adora
Compr'ender, sem lhe ouvir, seus pensamentos,
Segui-la, sem poder fitar seus olhos,
Amá-la, sem ousar dizer que amamos,
E, temendo roçar os seus vestidos,
Arder por afogá-la em mil abraços:
Isso é amor, e desse amor se morre!
Se tal paixão porém enfim transborda,
Se tem na terra o galardão devido
Em recíproco afeto; e unidas, uma,
Dois seres, duas vidas se procuram,
Entendem-se, confundem-se e penetram
Juntas — em puro céu d'êxtases puros:
Se logo a mão do fado as torna estranhas,
Se os duplica e separa, quando unidos
A mesma vida circulava em ambos;

Que será do que fica, e do que longe
Serve às borrascas de ludíbrio e escárnio?

---

38 **avaros**: ciumentos. (N.O.)

49 **galardão**: recompensa. (N.O.)

53 **d'êxtases**: a grafia original é "d'êxtasis". (N.O.)

58 **borrascas**: fúria, ventos fortes; **ludíbrio**: zombaria. (N.O.)

Pode o raio num píncaro caindo,
Torná-lo dois, e o mar correr entre ambos;
Pode rachar o tronco levantado
E dois cimos depois verem-se erguidos,
Sinais mostrando da aliança antiga;
Dois corações porém, que juntos batem,
Que juntos vivem, — se os separam, morrem;
Ou se entre o próprio estrago inda vegetam,
Se aparência de vida, em mal, conservam,
Ânsias cruas resumem do proscrito,
Que busca achar no berço a sepultura!

Esse, que sobrevive à própria ruína,
Ao seu viver do coração, — às gratas
Ilusões, quando em leito solitário,
Entre as sombras da noite, em larga insônia,
Devaneando, a futurar venturas,
Mostra-se e brinca a apetecida imagem;
Esse, que à dor tamanha não sucumbe,
Inveja a quem na sepultura encontra
Dos males seus o desejado termo!

Olhos verdes

Eles verdes são:
E têm por usança
Na cor esperança,
E nas obras não.
CAMÕES, "Rimas"*

São uns olhos verdes, verdes,
Uns olhos de verde-mar,
Quando o tempo vai bonança;
Uns olhos cor de esperança.
Uns olhos por que morri;
Que ai de mi!
Nem já sei qual fiquei sendo
Depois que os vi!
Como duas esmeraldas,
Iguais na forma e na cor,
Tem luz mais branda e mais forte,
Diz uma — vida, outra — morte;
Uma — loucura, outra — amor.
Mas ai de mi!
Nem já sei qual fiquei sendo
Depois que os vi!
São verdes da cor do prado,
Exprimem qualquer paixão,
Tão facilmente se inflamam,
Tão meigamente derramam
Fogo e luz do coração;
Mas ai de mi!
Nem já sei qual fiquei sendo
Depois que os vi!
São uns olhos verdes, verdes,
Que podem também brilhar;

---

* Tomando o estilo camoniano, o poeta usou como epígrafe trecho da primeira estrofe de "Voltas", que são versos redondilhos, inspirados em motes. No poema citado na epígrafe, Camões havia usado o mote: "Menina dos olhos verdes, por que me não vedes?", aqui retomado e recriado por Gonçalves Dias; **Camões:** Luís Vaz de Camões (1524-1580) é considerado o maior poeta português e um dos maiores da humanidade. Sua obra mais famosa é *Os lusíadas*. (N.O.)

Não são de um verde embaçado,
Mas verdes da cor do prado,
Mas verdes da cor do mar.
Mas ai de mi!
Nem já sei qual fiquei sendo
Depois que os vi!
Como se lê num espelho,
Pude ler nos olhos seus!
Os olhos mostram a alma,
Que as ondas postas em calma
Também refletem os céus;
Mas ai de mi!
Nem já sei qual fiquei sendo
Depois que os vi!
Dizei vós, ó meus amigos,
Se vos perguntam por mi,
Que eu vivo só da lembrança
De uns olhos cor de esperança.
De uns olhos verdes que vi!
Que ai de mi!
Nem já sei qual fiquei sendo
Depois que os vi!
Dizei vós: Triste do bardo!
Deixou-se de amor finar!
Viu uns olhos verdes, verdes,
Uns olhos da cor do mar:
Eram verdes sem esp'rança,
Davam amor sem amar!
Dizei-o vós, meus amigos,
Que ai de mi!
Não pertenço mais à vida
Depois que os vi!

---

49 **bardo**: trovador, poeta. (N.O.)

Menina e moça

Ma bienvenue au jour me rit dans tous les yeux!
CHÉNIER*

É leda a flor que desponta
Sobre o talo melindroso,
E o arrebento viçoso
Crescendo em flóreo tapiz;
É doce o romper da aurora,
Doce a luz da madrugada,
Doce o luzir da alvorada,
Doce, mimoso e feliz!

É bela a virgem risonha
Com seus músicos acentos,
Com seus virgens pensamentos,
Com seus mimos infantis;
Como quanto enceta a vida,
Que à luz sorri da existência,
Que tem na sua inocência
Da mocidade o verniz.

Vinga a flor a pouco e pouco,
Cada vez mais bem querida,
Tem mais encantos, mais vida,
Tem mais brilho, mais fulgor:
De cada gota de orvalho
Extrai celeste perfume,
E do sol no raio assume
Cada vez mais viva cor.

Assim à virgem mimosa,
Pouco e pouco, noite e dia,

---

* O texto, em francês, pode ser traduzido como: "Minhas boas-vindas ao dia riem em todos os meus olhos!"; **Chénier**: André de Chénier (1762-1794), poeta francês cuja obra mais conhecida, *Iambos*, foi escrita na prisão. Seus versos satirizavam os revolucionários franceses, que o haviam condenado à morte sem julgamento. (N.O.)

13 **enceta**: principia. (N.O.)

Mais viva flor de poesia
Do rosto lhe tinge a cor;
E um anjo nos meigos sonhos,
Do seu peito na dormência
Derrama o odor da inocência,
Um doce raio de amor!

Porque tudo, quando nasce,
Seja a luz da madrugada,
Seja o romper da alvorada,
Seja a virgem, seja a flor;
Tem mais amor, tem mais vida,
Como celeste feitura,
Que sai melindrosa e pura
Dentre as mãos do criador.

28 de julho

Que me pedes*

Tu pedes-me um canto na lira de amores,
Um canto singelo de meigo trovar?!
Um canto fagueiro já — triste — não pode
Na lira do triste fazer-se escutar.

Outrora, coberto meu leito de flores,
Um canto singelo já soube trovar;
Mas hoje na lira, que o pranto umedece,
As notas d'outrora não posso encontrar!

Outrora os ardores que tinha no peito
Em cantos singelos podia trovar;
Mas hoje, sofrendo, como hei-de sorrir-me,
Mas hoje, traído, como hei-de cantar?

Não peças ao bardo, que aflito suspira,
Uns cantos alegres de meigo trovar;
À lira quebrada só restam gemidos,
Ao bardo traído só resta chorar.

---

* Poema de *Últimos cantos*. Note-se neste poema o tom de esfriamento de fé e de entusiasmo do poeta romântico, já voltado para o ultrarromantismo. (N.O.)

Desalento
(fragmento)

Without a hope in life!
Crabbe*

Nascer, lutar, sofrer! — eis toda a vida:
D'esperança e de amor um raio breve
Se mistura e confunde
As cruas dores dum viver cansado,
Como raio fugaz que luz nas trevas
Para as tornar mais feias!
Da verde infância os sonhos melindrosos,
Nobres aspirações da juventude,
Amor de glória estulto,
Com que mais alto a mente se extasia;
São vãos fantasmas, que produz a febre,
São ilusões que mentem!
São as folhas virentes arrancadas
Dum arbusto viçoso, antes que brotem
Da primavera as flores;
A penugem que nasce antes das asas,
Um estéril botão, que não dá flores,
Ou flor que não dá frutos!

[...]

S'inda tens coração, hão de esmagar-te;
As setas da calúnia irão cravar-to
Na parte mais sensível:
Se tens alma, se elétrico palpitas
De pátria e de virtude aos nomes santos,
Foge outra vez ao mundo.
Não queiras, num acesso doloroso,

---

* O texto, em inglês, pode ser traduzido como: "Sem esperança nesta vida!"; **Crabbe**: George Crabbe (1754-1832), poeta inglês, compôs *A aldeia* (1783), um quadro realista dos sofrimentos dos pobres. Apoiado nessa epígrafe, o poeta mantém em vários poemas de *Últimos cantos* o tom de desalento e desencanto de vida que o aproximaria do ultrarromantismo dos byronianos. (N.O.)

9 **estulto**: tolo. (N.O.)

As mãos ambas ferindo o peito crédulo
Exclamar delirante:
"Minha pátria onde está? — Onde estes homens,
Que a par de meus irmãos amar devera,
Da mesma pátria filhos?
"E a virtude também, onde hei de achá-la?
Se é mais que nome vão, onde é que existe?
Onde é que se pratica?
Se os modernos Catões a graça esmolam
Do rei — ou, cortesãos da populaça,
Rojam por terra ignóbeis!
"Se a mão do poderoso, a mão dourada
Do crime impune — esbofeteia as faces
Do homem vil, que a beija!
Oh! meus irmãos não são, não são os filhos
Desta pátria que eu amo; — torce o rosto
De os ver a humanidade."
Despe-se a vida então dos seus encantos,
E o homem na lembrança revivendo
O percorrido estádio,
Tem por marcos de estrada o monumento,
Com que os mais fortes laços se desatam,
— A pirâmide e a campa!
[...]

---

40 **Catões**: Catão (234 a.C.-149 a.C.) foi um político romano, célebre pela austeridade de seus princípios, empenhando-se no combate ao luxo que começava a corromper Roma. É sinônimo de homem austero, de moralista severo. (N.O.)

O meu sepulcro*
(fragmento)

Élève-toi, mon âme, au-dessus de toi-même,
Voici l'épreuve de ta foi!
Que l'impie, assistant à ton heure suprême,
Ne dise pas: Voyez, il tremble comme moi!
LAMARTINE, *Harmonies***

Quando, os olhos cerrando à luz da vida,
O extremo adeus soltar às esperanças,
Que na terra nos guiam, nos confortam
E espaçam do porvir a senda estreita;
Quando, isento de míseros cuidados,
Disser adeus às ilusões douradas,
Mas com elas também às dores cruas
Da existência — aos espinhos pontiagudos,
Com que a verdade o coração nos roça;
Quando tocada não sentir minha alma
Da luz, dos sons, das cores, das magias,
Que a natureza pródiga derrama
No regaço da terra — mais ditoso
Serei acaso então? — Quando o meu corpo
A terra, mãe comum, pedindo abrigo
Dos sepulcros no vale em paz descanse;
Hei de ser mais feliz porque mo cobre
Pomposo mausoléu, em vez da pedra
Sem nome, em vez do túmulo de céspedes,
Que s'ergue junto à estrada, e ao viandante,
Ao que ali passa, uma oração suplica?
Oh! não! — ao encalmado é grata a sombra;
Grato descanso aos membros fatigados

---

* Neste poema religioso está clara e pesadamente marcada a influência gótica de Alexandre Herculano, importante poeta português romântico que viveu entre 1810 e 1877. (N.O.)

** O texto, em francês, pode ser traduzido por: "Eleva-te, minha alma, acima de ti mesma, / Eis a prova de tua fé! / Que o ímpio, assistindo à tua hora suprema, / Não diga: Vede, ele treme como eu!"; ***Harmonies***: obra de Alphonse de Lamartine (1790-1869), *Harmonies poétiques et religieuses*, publicada em 1830. (N.O.)

4 **E espaçam do porvir a senda estreita**: o mesmo que "E prolongam os caminhos do futuro". (N.O.)

19 **céspedes**: torrões de terra relvosa. (N.O.)

Presta igualmente a relva das campinas
E os torrões pelo sol enrijecidos.
Como o trabalhador que a sesta aguarda,
O meu termo fatal sem medo espero!
Eu então pedirei silêncio à morte,
E fresca sombra à sepultura humilde,
Que me receba, — e a cuja superfície
Morram sem eco da existência as vagas.

Humilde seja embora! Que m'importa
Que a mão d'hábil artista me não talhe
Mentiroso epitáfio em preto mármor!
O moimento faustoso, que se erige,
Arranco da vaidade, sobre a campa
De um corpo transitório, acaso empece
Aos que ali pascem, vermes esfaimados
De roerem-lhe as vísceras?! — Solenes
São da campa os mistérios; mas terrível
É da morte a rasoura, que nivela
O rico ao pobre, e aos berços diferentes
Torna um féretro, um leito de Procusto,
Capaz de quanta dor os homens sofrem:
Tão depressa o cadáver se corrompe
Nas amplas dobras do veludo envolto,
Como embrulhado na mortalha exígua,
Que a religiosa caridade amiga,
O pudor dos sepulcros venerando,
Lança do pobre aos restos desprezados.

Os felizes do mundo, acobardados
Ante a imagem da morte, que os assalta,
Temem deixar a terra, onde tranquila,

---

35 **moimento**: mausoléu, monumento fúnebre. (N.O.)

37 **empece**: enreda-se. (N.O.)

41 **rasoura**: corte rente com a tesoura. No sentido de desbastado, equiparado ou destruído. (N.O.)

43 **Torna um féretro, um leito de Procusto**: Procusto ou Procustes é uma figura da mitologia grega. Ele costumava roubar os viajantes e os torturava deitando-os em um leito de ferro: se a vítima era maior, cortava-lhe os pés; se menor, esticava-a por meio de cordas até que atingisse as dimensões do leito. Foi morto por Teseu, que lhe aplicou o mesmo suplício. O verso diz que a morte adapta o féretro (o caixão) para os pobres e para os ricos, isto é, a morte iguala a todos. (N.O.)

Quase livre de dor, entre delícias,
Como um rio caudal lhes corre a vida.
Horrorizam-se tímidos, — suplicam
À cruel, que os não leve, que os não roube
À senda matizada, onde os seus passos
Deslizam-se macios — às carícias
Dum seio que lhes presta brando encosto.
O fio da esperança os liga forte
A um corpo que declina, como os lios
De enrediça tenaz prendida à copa
Duma árvore comida: amedrontados,
Como das fauces negras dum abismo,
Do pavoroso túmulo recuam.
[...]

62 **lios**: fios, feixes. (N.O.)

63 **enrediça**: planta que emaranha com facilidade. (N.O.)

Saudades
(fragmento)

A minha irmã J. A. de M.

I

Eras criança ainda; mas teu rosto
De ver-me ao lado teu se espanejava
À luz fugaz de um infantil sorriso!
Eras criança ainda; mas teus olhos
De uma brandura angélica, indizível,
De simpáticas lágrimas turbavam-se
Ao ver-me o aspecto merencório e triste;
E amigo refrigério me sopravam,
Um bálsamo divino sobre as chagas
Do coração, que a dor me espedaçava!
A luz de uma razão que desabrocha,
As leves graças, que a inocência adornam,
Os infantis requebros, as meiguices
De uma alma ingênua e pura — em ti brilhavam.
Eu, gasto pela dor antes de tempo,
Conhecendo por ti o que era a infância,
Remoçava de ver teu rosto belo.
Pouco era vê-lo! — em ti me transformava:
Bebendo a tua vida em longos tragos,
Todo o teu ser em mim se transfundia:
Meu era o teu viver, sem que o soubesses,
Tua inocência, tuas graças minhas:
Não, não era ditoso em tais momentos,
Mas de que era infeliz me deslembrava!

Tinhas sobre mim poder imenso,
Indizível condão, e o não sabias!
Assim da tarde a brisa corre à terra,
Embalsamando o ar e o céu de aromas:
Enreda-se entre flores suspirosa,
Geme entre as flores que o luar prateia,

---

2 **espanejava**: abria. (N.O.)

E não sabe, e não vê, quantos queixumes
Apaga — quantas mágoas alivia!
Assim, durante a noite, o passarinho
Em moita de jasmins derrama oculto
Merencórias canções nos mansos ares;
E não sabe, o feliz, de quantos olhos
Tristes, mas doces lágrimas, arranca!

II

Perderam-te os meus olhos um momento!
E na volta o meu rosto transtornado,
As vestes lutuosas, que eu trajava,
O mudo, amargo pranto que eu vertia,
Anúncio triste foi de uma desdita,
Qual jamais sentirás: teus tenros anos
Pouparam-te essa dor, que não tem nome.
De quando sobre as bordas de um sepulcro
Anseia um filho, e nas feições queridas
Dum pai, dum conselheiro, dum amigo
O selo eterno vai gravando a morte!
Escutei suas últimas palavras,
Repassando de dor! — junto ao seu leito,
De joelhos, em lágrimas banhado,
Recebi os seus últimos suspiros.
E a luz funérea e triste que lançaram
Seus olhos turvos ao partir da vida
De pálido clarão cobriu meu rosto,
No meu amargo pranto refletindo
O cansado porvir que me aguardava!
[...]

O amor

Amare amabam.
S. Agostinho*

Amor! enlevo d'alma, arroubo, encanto
Desta existência mísera, onde existes?
Fino sentir ou mágico transporte,
(O que quer que seja que nos leva a extremos,
Aos quais não basta a natureza humana;)
Simpática atração d'almas sinceras
Que unidas pelo amor, no amor se apuram,
Por quem suspiro, serás nome apenas?

A inútil chama ressecou meus lábios,
Mirrou-me o coração da vida em meio,
E à terra fez baixar a mente errada
Que entre nuvens, amor, por ti bradava!
Não te pude encontrar! — em vão meus anos
No louco intento esperdicei; gelados,
Uns após outros a cair precípites
Na urna do passado os vi; eu triste,
Amor, por ti clamava; — e o meu deserto
Aos meus acentos reboava embalde.

Em vão meu coração por ti se fina,
Em vão minha alma te compr'ende e busca,
Em vão meus lábios sôfregos cobiçam
Libar a taça que aos mortais of'reces!
Dizem-na funda, inesgotável, meiga;
Enquanto a vejo rasa, amarga e dura!
Dizem-na bálsamo, eu veneno a sorvo:

---

* O texto, em latim, pode ser traduzido por: "Eu amava amar."; **S. Agostinho**: Santo Agostinho (354 d.C.-430 d.C.), filósofo e teólogo, nasceu no norte da África e era filho de santa Mônica. Suas obras tiveram grande influência sobre o pensamento religioso medieval. Suas ideias também estiveram presentes nos ensinamentos de Calvino, Lutero e outros reformadores protestantes. Santo Agostinho ainda influenciou filósofos como Kant e Pascal. (N.O.)

15 **precípites**: rápidos, velozes. (N.O.)

22 **libar**: beber. (N.O.)

Prazer, doçura — eu dor e fel encontro!
Dobrei-me às duras leis que me impuseste,
Curvei ao jugo teu meu colo humilde,
Feri-me aos teus ardentes passadores,
Prendi-me aos teus grilhões, rojei por terra...
E o lucro?... foram lágrimas perdidas,
Foi roxa cicatriz qu'inda conservo,
Desbotada a ilusão e a vida exausta!

Celeste emanação, gratos eflúvios
Das roseiras do céu; bater macio
Das asas auribrancas dalgum anjo,
Que roça em noite amiga a nossa esfera,
Centelha e luz do sol que nunca morre;
És tudo, e mais do qu'isto: — és luz e vida,
Perfume, e voo d'anjo mal sentido,
Peregrinas essências trescalando!...
Também passas veloz, — breve te apagas,
Como duma ave a sombra fugitiva,
Desgarrada voando à flor de um lago!

COMENTÁRIO CRÍTICO

Este é um dos poemas em que a capacidade técnica de Gonçalves Dias mostra seu estilo fácil de criar: o poeta é capaz de contentar-se com acordes não tão vistosos, mas escolhe rimas com palavras certeiras, que têm ligação precisa com o tema. Aqui, as rimas toantes criam um belo efeito, que sugere os prenúncios, ainda incertos, da tempestade que se aproxima: raio/espaço/esparso, enquanto as rimas distantes/luz/seduz dão força ao anúncio da tempestade. Podemos verificar ainda como o poeta cria um efeito interessante de ampliação do verso de duas sílabas (dístico) até o de dez sílabas (decassílabo), fazendo decrescer, a partir daí, ao dístico outra vez, brincando com a métrica, o ritmo do poema e a visualidade na folha em branco. Todos esses recursos, na verdade, anunciam o tempo (entre o antes e o depois) da tempestade. Perceba que esse efeito formal se combina às rimas que sugerem a mesma ideia.

A tempestade

Quem porfiar contigo... ousara Da glória o poderio;
Tu que fazes gemer pendido o cedro, Turbar-se o claro rio?
ALEXANDRE HERCULANO*

Um raio
Fulgura
No espaço
Esparso,
De luz;
E trêmulo
E puro
Se aviva,
S'esquiva,
Rutila,
Seduz!

Vem a aurora
Pressurosa,
Cor-de-rosa,
Que se cora
De carmim;
A seus raios
As estrelas
Que eram belas,
Têm desmaios,
Já por fim.

O sol desponta
Lá no horizonte,
Doirando a fonte,
E o prado e o monte

E o céu e o mar;
E um manto belo
De vivas cores

---

* **Alexandre Herculano:** importante poeta português romântico que viveu entre 1810 e 1877. (N.O.)

Adorna as flores
Que entre verdores
Se vê brilhar.

Um ponto aparece,
Que o dia entristece,
O céu, onde cresce,
De negro a tingir;
Oh! vede a procela
Infrene, mas bela,
No ar s'encapela
Já pronta a rugir!

Não solta a voz canora
No bosque o vate alado,
Que um canto d'inspirado
Tem sempre a cada aurora;
É mudo quando habita
Da terra n'amplidão.
A coma então luzente
Se agita do arvoredo,
E o vate um canto a medo
Desfere lentamente,
Sentindo opresso o peito
De tanta inspiração.

Fogem do vento que ruge
As nuvens aurinevadas,
Como ovelhas assustadas,
Dum fero lobo cerval;
Estilham-se como as velas
Que no alto-mar apanha,
Ardendo na usada sanha,
Subitâneo vendaval.

---

46 **coma:** copa das árvores. (N.O.)

53 **aurinevadas:** da cor do ouro e da neve. (N.O.)

55 **cerval:** feroz. (N.O.)

59 **subitâneo:** súbito. (N.O.)

Bem como serpentes que o frio
Em nós emaranha, — salgadas
As ondas s'estanham, pesadas
Batendo no frouxo areal.
Disseras que viras vagando
Nas furnas do céu entreabertas
Que mudas fuzilam, — incertas
Fantasmas do gênio do mal!

E no túrgido acaso se avista
Entre a cinza que o céu apolvilha,
Um clarão momentâneo que brilha,
Sem das nuvens o seio rasgar;
Logo um raio cintila e mais outro,
Ainda outro veloz, fascinante,
Qual centelha que em rápido instante
Se converte d'incêndios em mar.

Um som longínquo cavernoso e oco
Rouqueja, e n'amplidão do espaço morre;
Eis outra inda mais perto, inda mais rouco,
Que alpestres cimos mais veloz percorre,
Troveja, estoura, atroa; e dentro em pouco
Do Norte ao Sul, — dum ponto a outro corre:
Devorador incêndio alastra os ares,
Enquanto a noite pesa sobre os mares.

Nos últimos cimos dos montes erguidos
Já silva, já ruge do vento o pegão;
Estorcem-se os leques dos verdes palmares,
Volteiam, rebramam, doudejam nos ares,
Até que lascados baqueiam no chão.

Remexe-se a copa dos troncos altivos,
Transtorna-se, tolda, baqueia também;
E o vento, que as rochas abala no cerro,

---

79 **alpestres**: dos Alpes. (N.O.)

85 **pegão**: grande pé de vento. (N.O.)

Os troncos enlaça nas asas de ferro,
E atira-os raivosos dos montes além.

Da nuvem densa, que no espaço ondeia,
Rasga-se o negro bojo carregado,
E enquanto a luz do raio o sol roxeia,
Onde parece à terra estar colado,
Da chuva, que os sentidos nos enleia,
O forte peso em turbilhão mudado,
Das ruínas completa o grande estrago,
Parecendo mudar a terra em lago.

Inda ronca o trovão retumbante,
Inda o raio fuzila no espaço,
E o corisco num rápido instante
Brilha, fulge, rutila, e fugiu.
Mas se à terra desceu, mirra o tronco,
Cega o triste que iroso ameaça,
E o penedo, que as nuvens devassa,
Como tronco sem viço partiu.

Deixando a palhoça singela,
Humilde labor da pobreza,
Da nossa vaidosa grandeza,
Nivela os fastígios sem dó;
E os templos e as grimpas soberbas,
Palácio ou mesquita preclara,
Que a foice do tempo poupara,
Em breves momentos é pó.

Cresce a chuva, os rios crescem,
Pobres regatos s'empolam,
E nas turvas ondas rolam
Grossos troncos a boiar!
O córrego, qu'inda há pouco
No torrado leito ardia,
É já torrente bravia,
Que da praia arreda o mar.

Mas ah! do desditoso,
Que viu crescer a enchente
E desce descuidoso
Ao vale, quando sente
Crescer dum lado e d'outro
O mar da aluvião!
Os troncos arrancados
Sem rumo vão boiantes;
E os tetos arrasados,
Inteiros, flutuantes,
Dão antes crua morte,
Que asilo e proteção!

Porém no ocidente
S'ergueu de repente
O arco luzente,
De Deus o farol;
Sucedem-se as cores,
Qu'imitam as flores,
Que sembram primores
Dum novo arrebol.

Nas águas pousa;
E a base viva
De luz esquiva,
E a curva altiva
Sublima ao céu;
Inda outro arqueja,
Mais desbotado,
Quase apagado,
Como embotado
De tênue véu.

Tal a chuva
Transparece,
Quando desce
E ainda vê-se

145 **arrebol:** nascer do sol. (N.O.)

O sol luzir;
Como a virgem,
Que numa hora
Ri-se e cora.
Depois chora
E torna a rir.

A folha
Luzente
Do orvalho
Nitente
A gota
Retrai:
Vacila,
Palpita;
Mais grossa,
Hesita,
E treme
E cai.

---

169 **nitente:** brihante. (N.O.)

Oh! Que acordar!

Se o que somos, se o que temos sofrido
Não fosse mais que um sonho!
A despedida sem adeus, a ausência,
O desterro medonho!
O viver sem família, sem ventura,
Sem esperanças mais...
Este penar eterno, este sofrer sem crime,
Este descrer dos mais;
E aquele ver-te qual t'eu vi, co'o pranto
Nos olhos a brilhar,
E nos lábios sorrisos por que vias
Qual era o meu penar!
Se esse fingir que a vida te esgotava
Do pobre coração,
Se tudo fosse um pesadelo horrível,
Um sonho vão;
Se outra vez amanhã meiga sorrindo
Me viesses contar
Teu sonho mau, durante a noite, e o ledo
Venturoso acordar!
E que de ver-te se me fosse d'alma
D'angústia o sentimento,
Como visão noturna, como um traço n'água,
Nuvem que tange o vento!
Se em nossos peitos desses caos surgissem
Os êxtases de amor,
Como aves mil, que no romper do dia
Voam de um ramo em flor!
E a vida entre nós franca! o amor possível,
E o paraíso ali!
Oh! que acordar!... Venham dizer-me agora
Depois do que sofri,
Que o mundo é vasto, que não devo amar-te,
Que renuncie a ti!
Fazei-o vós, se sois capaz de tanto...

---

26 **êxtases:** no original "êxtasis". (N.O.)

Não o peçais de mi.
Qual o horrendo porvir que após nos guarda
Não o sabeis, eu sei!
É ser morto por dentro, é dizer d'alma
Jamais feliz serei!
É criar tédio à vida — um só receio
Ter-se — que seja eterno
Este viver, este descrer de tudo,
Este penar do inferno!

Manaus — 30 de maio de 1861

Se muito sofri já, não mo perguntes*

Se muito sofri já, se ainda sofro
Por teu amor?!
Não mo perguntes! que do inferno a vida
Não é pior!...
Eu! vegetar da terra entre os felizes!
Que faço aqui?
Sonhos de amor, de glória, — lá se foram
Atrás de ti!
A ver se encontro d'esperança um raio
Olho em redor,
E nada vejo, e mais profunda sinto
No peito a dor!
Que faço aqui? Dias cansados, anos
Sem fim — durar!
Depois que te perdi, viver ainda,
Viver! penar!...
Eu, não! Quem for feliz que preze a vida,
Tema perdê-la!
Por mim não tenho horror, nem tédio à morte,
Clamo por ela!
Bendita seja pois a que mandada
Me for — por Deus.
Matar-me, não; que quero ver-te ainda
Feliz nos céus!
Mas no pego da dor, em que me abismo,
— Nesta aflição
Negra como a do cego que na estrada
Esmola o pão!
Como a do viajor que pelas trevas
Sem tino vai,
E, errado o trilho, se embrenhou nas matas,
Nem delas sai!
Neste viver sofrendo, errante, louco
Mísero Jó,

---

3 **mo:** união do pronome pessoal oblíquo átono *me* com o pronome demonstrativo o: "Se muito sofri? Não me perguntes *isso*". (N.O.)

Que amigos e inimigos à porfia
Pungem sem dó!
Às vezes, da amargura no remanso,
Ao Criador
Minha alma eleva cânticos de graças,
Hinos de amor!
Que se estivesse em mim renascer hoje,
Sofrer o que sofri...
Eu quisera viver para inda amar-te
E amado ser por ti!

Manaus — 16 de junho de 1861

No jardim!

Lembra-te o Jardim, querida!
Lembra-te ainda da vida
Aquela quadra florida,
Que ali passamos então!...
— Duas salas, um terraço,
Poucas flores, muito espaço,
Muita luz; mas a melhor,
— A flor do teu coração,
A luz do teu santo amor!
Não tinha casa pintura,
O chão não tinha cultura:
Paredes nuas, ladrilho,
Tudo singelo, sem brilho...
Ninguém diria a ventura
Que ali se pudera achar!
É porque ninguém sabia
Que tu ali vinhas ter
A cada romper do dia
Como um raio de alegria!
É que o sol no seu morrer
Seus raios ali mandava,
Como que nos céus fixava
A história do amanhecer!
— Que o ciclo da nossa vida
Da terra oscilava aos céus,
Na luz do amor teu, querida,
Na luz mandada por Deus!

E depois, se vinha a noite,
Fossem trevas ou luar,
— Como em sonhos prazenteiros,
Como em mágicos luzeiros,
Do infinito pelos campos
Se ia minha alma a vagar!
— São menos os pirilampos
No bosque — à noite! — as estrelas
Nem tantas são, nem tão belas

Como os doces devaneios,
Desejos, temor, receios,
Daquele ameno cismar!
Vivia! estava desperto!
Eu contigo me entretinha;
Tu ali estavas — bem perto,
A voz te ouvia que vinha
De amor minha alma inundar!
Mais formoso que tal sonho
Era só o meu acordar,
Vendo teu rosto risonho,
Vendo nele do meu sonho
A imagem se desenhar!
— Ouvindo-te a voz macia
Baixinho pronunciar
Frases de amor, de poesia,
Que ninguém pudera achar!

Crê-me! a infanta portuguesa,
De Inglaterra a princesa,
Laura, Elvira, Beatriz,
Nos cantos de ilustres bardos
Só — foram grandes: tu, não!
Distinta por natureza
No sentimento rainha,
A poesia te vinha
Sublime, estreme, feliz,
Traduzida em gesto brando,
Ou d'alma plena brotando
Do abundante coração,
Ampla, caudal como um rio,
Como pérolas em fio
A granizarem no chão!

Aquelas vivem eterno
Na história do seu amor!
Em trono de luz sentadas,
C'roadas de resplendor!

Mas, quem dirá o que foste!
O que és ainda — talvez!
Se estas pobres folhas soltas
Nem chegarão a teus pés?!

Manaus — 17 de julho de 1861

A baunilha

Vês como aquela baunilha
Do tronco rugoso e feio
Da palmeira — em doce enleio
Se prendeu!
Como as raízes meteu
Da úsnea no musgo raro,
Como as folhas — verde-claro —
Espalmou!
Como as bagas pendurou
Lá de cima! como enleva
O rio, o arvoredo, a relva
Nos odores,
Que inspiram falas de amores!
Dá-lhe o tronco — apoio, abrigo,
Dá-lhe ela — perfume amigo,
Graça e olor!
E no consórcio de amor
— Nesse divino existir —
Que os prende, vai-lhes a vida
De uma só seiva nutrida,
Cada vez mais a subir!

Se o verme a raiz lhe ataca,
Se o raio o cimo lhe ofende,
Cai a palmeira, e contudo
Inda a baunilha recende!

Um dia só! — que mais tarde,
Exausta a fonte do amor,
Também a baunilha perde
Vida, graça, encanto, olor!

Eu sou da palmeira o tronco,
Tu — a baunilha serás!
Se sofro, se sofres comigo;
Se morro — virás atrás!

---

6 **úsnea**: espécie de líquen. (N.O.)

Ai! que por isso, querida,
Tenho aprendido a sofrer!
Porque sei que a minha vida
É também o teu viver.

Manaus — 17 de junho de 1861

Se te amo, não sei!

Amar! se te amo, não sei.
Oiço aí pronunciar
Essa palavra de modo
Que não sei o que é amar.

Se amar, é sonhar contigo,
Se é pensar, velando, em ti,
Se é ter-te n'alma presente
Todo esquecido de mi!

Se é cobiçar-te, querer-te
Como uma benção dos céus
A ti somente na terra
Como lá em cima a Deus;

Se é dar a vida, o futuro,
Para dizer que te amei:
Amo; porém se te amo
Como oiço dizer, — não sei.

Sei que se um gênio bom me aparecesse
E tronos, glórias, ilusões floridas,
E os tesouros da terra me oferecesse
E as riquezas que o mar tem escondidas;

E do outro lado — a ti somente, — e o gozo
Efêmero e precário — e após a morte;
E me dissesse: "Escolhe" — oh! jubiloso,
Exclamara, senhor da minha sorte! —

"Que tesouro na terra há i que a iguale?
Quero-a mil vezes, de joelhos — sim!
Bendita a vida que tal preço vale,
E que merece de acabar assim!"

Manaus — 25 de junho de 1861

---

25 **há i**: aí. (N.O.)

Como! És tu?*

Como! És tu?! essa grinalda
De flores de laranjeira!...
Branco véu, nuvem ligeira
Sobre o teu rosto a ondear!
Pálida, pálida a fronte
E os olhos quase a chorar!

És tu! bem vejo... não fales!
Cala-te! já sei o que é!
A mão vais dar, vida e fé
A outro!... Vais te casar.
Pálida, pálida a fronte,
Olhos em pranto a nadar!

E vais! e és tu mesma? — e vais!...
Fui eu quem te dei o exemplo...
Sei que te aguardam no templo,
Deixa-me aqui a chorar:
Fazes somente o que fiz,
Não fazes mais que imitar!

Mas eu quis ver-te feliz,
Não dar-te exemplo!... pensava
Que ileso e firme ficava
O teu amor — a guardar
A fé, que eu mesmo, insensato!
Fui o primeiro a quebrar!

Contradições d'alma humana!
Fui, sim, quem te dei o exemplo,
Isso quis, e ora contemplo
Essa grinalda — a chorar,
A fronte pálida, pálida,
E o branco véu a ondular!

---

* Este poema é póstumo. Foi recolhido pelo biógrafo do poeta, Antônio Henriques Leal. Também foi dedicado à amada de Gonçalves Dias, Ana Amélia Ferreira do Vale. (N.O.)

E há de o mundo inda algum dia
Do olvido o véu tenebroso
Estender por tanto gozo,
Tanto crer, tanto esperar!
Vai que te aguardam: já tardas:
Deixa-me aqui a chorar!
Vai! e que os anjos derramem
Sobre ti flores, venturas,
Que as alegrias mais puras
Floresçam dos passos teus:
E que entres na casa estranha
Como uma benção dos céus!

Que a fortuna — de veludos
Alcatife os teus caminhos,
Que o orvalho dos teus carinhos
A esse faça feliz
Como quem te casas — que te ame
Como te amei e te quis!

Porém procura esquecer-te,
Das venturas no regaço,
De mim, dos votos que faço,
De quanto pedi aos céus
Ver este dia... mas choro!
Vai! sê feliz! adeus!

Manaus — 25 de junho de 1861

---

44 **alcatife**: acarpete, cubra com tapete. (N.O.)

Lira quebrada

Ah! ya agostada
Siento mi juventud, mi faz marchita,
Y la
profunda pena que me agita
Ruga mi
frente de dolor nublada.
HEREDIA*

Pede cantos aos ledos passarinhos,
Pede clarão ao sol, perfume às flores,
Às brisas suspirar, murmúrio aos ventos,
Doces querelas ao correr das fontes;

E o sol, a ave, a flor, a brisa, os ventos
E as fontes que murmuram docemente,
Na festa da tua alma hão de seguir-te,
Como um som pelos ecos repetido.

Mas não peças à lira abandonada
Um alegre cantar, — já murchas pendem
As grinaldas gentis, de que a toucaram
Donzéis louçãos, enamoradas virgens.

Hoje mal partem roucos sons dos nervos,
Que amargo pranto distendeu sem custo;
Quem há que se não dói de ouvir cantados
Uns versos de prazer entre soluços?

Não peças pois um hino ao triste bardo!
Verde ramo duma árvore gigante
O raio no passar queimou-lhe o viço,
Deixando-o por escárnio entre verdores.

---

* O texto, em espanhol, pode ser traduzido por: "Ah, já esgotada / Sinto minha juventude, murcho, o meu rosto, / E a / profunda pena que me agita / Enruga minha / fronte nublada de dor."; **Heredia:** José Maria de Heredia (1842-1905), poeta francês nascido em Cuba, que ficou famoso sobretudo por seus sonetos parnasianos (posteriores à morte de Gonçalves Dias). (N.O.)

Uma febre, um ardor nunca apagado,
Um querer sem motivo, um tédio à vida
Sem motivo também, — caprichos loucos,
Anelo doutro mundo e doutras coisas;

Desejar coisas vãs, viver de sonhos,
Corres após um bem logo esquecido,
Sentir amor e só topar frieza,
Cismar venturas e encontrar só dores;

Fizeram-me o que vês: não canto, sofro!
Lira quebrada, coração sem forças,
Do poético manto os vou cobrindo,
Por disfarçar desta arte o mal que passo.

Mas se inda tens prazer à luz da aurora,
Se te ameiga fitar longos instantes,
Sentada à beira-mar, na paz de um ermo,
Uma flor, uma estrela, os céus e as nuvens;

Pede cantos aos ledos passarinhos,
À brisa, ao vento, à fonte que murmura;
Mas não peças canções ao triste bardo,
A quem té para um ai já falta o alento.

O trovador
(fragmento)

Ele cantava tudo o que merece de ser cantado;
o que há na terra de grande
e de santo — o amor e a virtude.

Numa terra antigamente
Existia um Trovador;
Na Lira sua inocente
Só cantava o seu amor
Nenhum sarau se acabava
Sem a Lira de marfim,
Pois cantar tão alto e doce
Nunca ninguém ouvira assim.
E quer donzela, quer dona,
Que sentira comoção
Pular-lhe n'alma, escutando
Do Trovador a canção;
De jasmins e de açucenas
A fronte sua adornou;
Mas só a rosa da amada
Na Lira amante poisou.
E o Trovador conheceu
Que era traído — por fim;
Pôs-se a andar, e só ouvia
Nos seus lábios: ai de mim!
Enlutou de negro fumo
A rosa de seu amor,
Que meia oculta se via
Na gorra do Trovador;
Como virgem bela, morta
Da idade na linda flor,
Que parece, o dó trajando.
Inda sorrir-se de amor.
No meio do seu caminho
Gentil donzela encontrou:
Canta — disse; e as cordas d'oiro
Vibrando, o triste cantou.
[...]

Visões

I
Prodígio*

Naquele instante em que vacila a mente
Do sono ao despertar, quando pejada
Vem doutros mundos de visões etéreas;
Quando sobre a manhã surge brilhante
A luz da madrugada, — eu vi!... nem sonhos
Era a minha visão, real não era;
Mas tinha d'ambos o talvez — Quem sabe?
Foi capricho falaz da fantasia,
Ou foi certo aventar d'eras venturas?
A ira do Senhor baixou tremenda
Sobre uma vasta capital! — em pedra
Tornou-se a gente impura. Muitos homens
Às portas férreas, largas, vi sentados.
Melhor do que um pintor ou statuário
A morte, que de súbito os colhera
No ardor, no afã da vida, conservou-lhes
A ação — partida em meio, com tal força,
Que a mente seu mau grado a completava.
Um tinha os lábios entreabertos; outro
Parecia sorrir; mais longe aquele
Derramava um segredo, baixo, a medo,
Nos ouvidos do amigo; austero o guarda
Com rosto carregado e barba hirsuta,
Nas mãos calosas sopesava a lança.
Dos mercadores na comprida rua
Passavam muitos compradores; — este
Contava montes d'oiro; — à luz aquele
Expunha a seda do Indostão, de Tiro
A púrpura brilhante, a damasquina

---

* Este poema faz parte de um conjunto de poemas (cinco ao todo) chamado *Visões*, inseridos em *Primeiros cantos*. Outro grupo de poemas com esse mesmo nome aparece em *Lira vária*. (N.O.)

8-9 **Foi capricho falaz da fantasia, / Ou foi certo aventar d'eras venturas?**: os versos podem ser entendidos como: "Foi capricho de minha imaginação ou foi lembrança real de ancestral felicidade?". (N.O.)

Custosa tela entretecida d'oiro.
Cortês sorrindo, o mercador gabava
As cores vivas, o tecido, o corpo
Do estofo que vendia. Nos serralhos
Era o Eunuco imperfeito; das Mesquitas
Bradava à prece o Muezim...
                    — Num largo,
Fofo e vasto divã sentado, um velho
Os versos lia do Alcorão; — só ele
Dentre tanto punir ficara ileso.

[...]

---

35 **Muezim**: sacerdote mouro. (N.O.)

A mendiga
(fragmento)

I
Eu sonhei durante a noite...
Que triste foi o meu sonhar!
Era uma noite medonha,
Sem estrelas, sem luar.
E ao través do manto escuro
Das trevas, meus olhos viam
Triste mendiga formosa,
Qu'infortúnios consumiam.
Era uma pobre mendiga,
Porém, cândida donzela;
Pudibunda, afável, doce,
Amorosa, e casta, e bela.
Vestia rotos andrajos,
Que o seu corpo mal cobriam;
Por vergonha os olhos dela
Sobre ela se não volviam.
Pelas costas descobertas
Cortador o frio entrava;
Tinha fome e sede, — e o pranto
Nos seus olhos borbulhava.
E qual vemos dos céus descendo rápido
Um fugaz meteoro, vi descendo
Um anjo do Senhor; — parou sobre ela,
E mudo a contemplava. — Uma tristeza
Simpática, indizível pouco e pouco
Do anjo nas feições se foi pintando:
Qual tristeza de irmão que a irmã mais nova
Conhece enferma e chora. — Ela no peito
Menor sentiu a dor, e humilde orava.
[...]

Adeus
(fragmento)

Aos meus amigos do Maranhão

Meus Amigos, Adeus! Já no horizonte
O fulgor da manhã se empurpurece:
É puro e branco o céu, — as ondas mansas,
— Favorável a brisa; — irei de novo
Sorver o ar puríssimo das ondas,
E na vasta amplidão dos céus e mares
De vago imaginar embriagar-me!
Meus Amigos, Adeus! Verei fulgindo
A lua em campo azul, e o sol no ocaso
Tingir de fogo a implacidez das águas;
Verei hórridas trevas lento e lento
Descerem, como um crepe funerário
Em negro esquife, onde repoisa a morte;
Verei a tempestade quando alarga
As negras asas de bulcões, e as vagas
Soberbas encastela, esporeando
O curto bojo de ligeiro barco,
Que geme, e ruge, e empina-se insofrido
Galgando os escarcéus, — bem larga esteira
De fósforo e de luz trás si deixando:
Generoso corcel, que sente as cruzes
Agudas de teimosos acicates
Lacerarem-lhe rábidas o ventre.

Inda uma vez, Adeus! Curtos instantes
De inefável prazer — horas bem curtas
De ventura e de paz fruí convosco:
Oásis que encontrei no meu deserto,
Tépido vale entre fragosas serras
Virente derramado, foi a quadra
Da minha vida, que passei convosco.
Aqui de quanto amei, do que hei sofrido,

---

23 **rábidas**: raivosas. (N.O.)

De tudo quanto almejo, espero, ou temo
Deslembrado vivi! — Oh! quem me dera
Que entre vós outros me alvejasse a fronte,
E que eu morresse entre vós! Mas força oculta,
Irresistível, me persegue e impele.
Qual folha instável em ventoso estio
Do vento ao sopro a esvoaçar sem custo;
Assim vou eu sem tino, — aqui pegadas
Mal firmes assentando — além pedaços
De mim mesmo deixando. Na floresta
O lasso viandante extraviado
Por todo o verde bosque estende os olhos,
E cansado esmorece, — cai, medita,
Respira mais de espaço, cobra alento,
E nas soidões de novo ei-lo se entranha.
Vestígios malseguros sopra o vento,
Ou nivela-os a chuva, ou relva os cobre:
Talvez que folhas ásperas de arbusto
Mordam veios da túnica, e denotem
(Duvida o viajor, que os vê com pasmo)
Que errante caminheiro ali passasse.
[...]

Lira

Coeur sans amour est un jardin sans fleur.
L. Halévy*

Se me queres a teus pés ajoelhado,
Ufano de me ver por ti rendido,
Ou já em mudas lágrimas banhado;
Volve, impiedosa,
Volve-me os olhos;
Basta uma vez!

Se me queres de rojo sobre a terra,
Beijando a fímbria dos vestidos teus,
Calando as queixas que meu peito encerra,
Dize-me, ingrata,
Dize-me: eu quero!
Basta uma vez!

Mas se antes folgas de me ouvir na lira
Louvor singelo dos amores meus,
Por que minha alma há tanto tempo em vão suspira;
Dize-me, ó bela,
Dize-me: eu te amo!
Basta uma vez!

---

* O texto, em francês, pode ser traduzido por: "Coração sem amor é um jardim sem flor". **L. Halévy**: Ludovic Halévy (1834-1908), escritor francês de origem judaica, autor de romances e operetas. (N.O.)

2 **ufano**: alegro-me. (N.O.)

O homem forte

Impavidum ferient...
HORÁCIO*

O modesto varão constante e justo
Pensa e medita nas lições dos sábios
E nos caminhos da justiça eterna
Gradua firme os passos.
O brilho da sua alma não mareia
A luz do sol, nem do carvão se tisna;
Morre pelo dever, austero e crente,
Confessando a virtude.
Pode a calúnia denegrir seus feitos,
Negar-lhe a inveja o mérito subido;
Pode em seu dano conspirar-se o mundo
E renegá-lo a pátria!
Tão modesto no paço de Loculo
Como encerrado no tonel do Grego,
Nem o transtorna a aragem da ventura,
Nem a desgraça o abate.
A tiranos preceitos não se humilha,
Ante o ferro do algoz não curva a fronte,
Não faz calar da consciência o grito,
Não nega os seus princípios.
Antes, seguro e firme e confiado
No tempo, vingador das injustiças,
Co'os pés no cadafalso e a vista erguida
Se mostra imperturbável.
Sofre mártir e expira! A pátria em torno
Do seu sepulcro o chora, onde a virtude,
Afeita ao luto e à dor, de novo carpe
Do justo a flébil morte!

* O texto, em latim, pode ser traduzido por: "[Os destroços] o atingirão sem assustá-lo."; **Horácio**: Quintos Horácio Flaccus (65 a.C.-8 a.C.), poeta latino, autor de *Odes*, *Sátiras* e *Epístola aos pisões*. (N.O.)

Nênia
(fragmento)

À morte sentidíssima
do Sereníssimo Príncipe Imperial, o Senhor d. Pedro
À Sua Majestade, o Imperador

I
Morreste, como a folha verde e linda,
Que não viu murcho o esmeraldino encanto;
Bem como um ai que melindroso finda,
Enquanto as faces não roreja o pranto!

Bem como a flor inda em botão cortada,
Enquanto aromas recendia pura;
Bem como a onda quando malformada,
Nos brancos frisos do areal murmura!

Bem como a aurora tímida que morre,
Enquanto os céus de rosicler matiza;
Bem como o sopro de ligeira brisa,
Que entre os olores da manhã discorre!

Mimosa esp'rança do Brasil, batendo
Às férreas portas da existência, viste
O mundo aflito e a humanidade triste
Seu negro fado e sua dor sofrendo!

Cheio de compaixão atrás voltaste
Do horrífico espetáculo, tapando
Com as asas do anjo o rosto brando,
E no seio do Eterno te asilaste.

Morreste! como aurora sem poente,
Como flor, que perfume inda exalava,
Como o sopro da brisa recendente,
Como a onda, que apenas se formava!

---

10 **rosicler**: cor-de-rosa. (N.O.)

Morreste! como a folha verde e bela
Num tronco forte a despontar louçã,
Não arrancada à sanha da procela,
Mas leve solta aos beijos da manhã.

Morreste! como lâmpada brilhante,
Inda virgem, sem dar mística luz;
Ou turíb'lo d'incenso crepitante,
Esquecido nos braços de uma cruz.

Morreste! e os anjos da eternal morada
Levaram entre palmas e capelas
Tua alma, como uma harpa não tocada,
Àquele, cujo trono é sobre estrelas.

Morreste! como aurora sem poente,
Como flor que perfume inda exalava,
Como o sopro da brisa recendente,
Como a onda que apenas se formava.

Nenhum bulcão toldou a aurora maga,
Enquanto no horizonte apavonou-se,
A brisa em vendaval não transtornou-se,
A folha em cinza, nem a onda em vaga.
[...]

41 **bulcão**: nuvem escura. (N.O.)

A infância
(fragmento)

A Mlle. J. Picot

I

Belo raio do sol da existência,
Meninice fagueira e gentil,
Doce riso de pura inocência
Sempre adorne teu rosto infantil.
Sempre tenhas, anjinho inocente,
Quem se apresse a teus passos guiar,
E uma voz que o teu sono acalente,
E um sorriso no teu acordar.

Enlevada nos sonhos jucundos,
Voz etérea te venha falar,
E visão doutros céus, doutros mundos,
Venha amiga tua alma encantar.

Leda infância gentil! e quem não te ama?
Quem tão de pedra o coração não sente
Aos teus encantos meigos mais tranquilo?
Quem não sente memórias d'outras eras
Travarem-lhe da mente, ao recordar-se
Aquele gozo puro e suavíssimo
De vida, que jamais não tem logrado?
Recordações de um mundo adormecido
Lá lhe estão dentro d'alma esvoaçando,
Como harpejos de música longínqua!
E a mente nos seus quadros embebida,
Por mágica ilusão enfeitiçada,
Como outrora, talvez somente veja
Na terra — um chão de flores estrelado,
E nos céus — outro chão de flores vivas!
[...]

Como eu te amo
(fragmento)

Como se ama o silêncio, a luz, o aroma,
O orvalho numa flor, nos céus a estrela,
No largo mar a sombra de uma vela,
Que lá na extrema do horizonte assoma;

Como se ama o clarão da branca lua,
Da noite na mudez os sons da flauta,
As canções saudosíssimas do nauta,
Quando em mole vaivém a nau flutua;

Como se ama das aves o gemido,
Da noite as sombras e do dia as cores,
Um céu com luzes, um jardim com flores,
Um canto quase em lágrimas sumido;

Como se ama o crepúsculo da aurora,
A mansa viração que o bosque ondeia,
O sussurro da fonte que serpeia,
Uma imagem risonha e sedutora;

Como se ama o calor e a luz querida,
A harmonia, o frescor, os sons, os céus,
Silêncio, e cores, e perfume, e vida
Os pais e a pátria e a virtude e a Deus:

Assim eu te amo, assim; mais do que podem
Dizer-to os lábios meus, — mais do que vale
Cantar a voz do trovador cansada:
O que é belo, o que é justo, santo e grande
Amo em ti. — Por tudo quanto sofro,
Por quanto já sofri, por quanto ainda
Me resta de sofrer, por tudo eu te amo.
O que espero, cobiço, almejo, ou temo
De ti, só de ti pende: oh! nunca saibas
Com quanto amor eu te amo, e de que fonte
Tão terna, quanto amarga o vou nutrindo!

Esta oculta paixão, que mal suspeitas,
Que não vês, não supões, nem te eu revelo,
Só pode no silêncio achar consolo,
Na dor aumento, intérprete nas lágrimas.
[...]

Como eu te amo
(variante)

Amo-o agora também como às estrelas,
Como às harpas divinas, como aos céus,
Como aos anjos de palmas e capelas,
Que entoam coros místicos a Deus!

Por um ai

Se me queres ver rendido,
De joelhos, a teus pés,
Por um olhar que me deites,
Por um só ai que me dês;

Se queres ver o meu peito
Rugindo como um vulcão,
Estourar, arder em chamas,
Ferver de amor e paixão;

Se me queres ver sujeito,
Curvado e preso à tua lei,
Mais humilde que um escravo,
Mais orgulhoso que um rei;

Meus olhos sobre os teus olhos,
Meu coração a teus pés;
Por um olhar que me deites,
Por um só ai que me dês:

Oiça, feliz, dos teus lábios
Esta só palavra — amor! —
Estrela cortando os ares,
Abelha sobre uma flor.

Então verás dos meus olhos,
Que o pesar me não cegou,
Rebentarem de alegria
Prantos, que a dor estancou;

Então verás o meu peito
Como outra vez se incendia:
Era a folha verde e fresca,
Onde o sol se refletia!

Murcha e triste pende agora;
Caiu, jaz solta, está só:

Exposta ao fogo, arde em chamas,
— Deixai-a, desfaz-se em pó!

Hei-de sentir outra vida,
Outra vez em meu coração
Escutarei palpitando
De amor, de fogo e paixão.

Lascado tronco sem graça,
Tal fui, tal me vês agora!
Mas venha o orvalho celeste,
Venha o bafejo da aurora;

Venha um raio de alegria
Dar-lhe às raízes calor;
Revive de novo, e brota
Folhas, galhos e verdor.

Do cimo erguido e copado
Outra vez se dependuram
Mil flores, — ali mil aves
Nos seus gorjeios se apuram.

Não quero palavras falsas,
Não quero um olhar que minta,
Nenhum suspiro fingido,
Nem voz que o peito não sinta.

Basta-me um gesto, um aceno,
Uma só prova, — e verás
Minha alma, presa em teus lábios,
Como de amor se desfaz!

Ver-me-ás rendido e sujeito,
Cativo e preso à tua lei,
Mais humilde que um escravo,
Mais orgulhoso que um rei!

Quando nas horas
(fragmento)

And dost thou ask, what secret woe I bear, corroding joy and youth?
And wilt thou vainly seek to know
A pang e'en thou must fail to soothe?
BYRON*

I
Quando nas horas que contigo passo,
Do amor mais casto, do mais doce enlevo,
Sentindo um raio d'esperança amiga,
Que as densas trevas da minha alma aclara;

Teus meigos olhos sobre os meus se fitam,
Sorvo o perfume que tua alma exala,
Gozo o sorriso que os teus lábios vertem
E as doces notas que o prazer m'entranham;

Tu me perguntas por que um riso amargo,
Fúnebre e triste me descora os lábios;
Por que uma nuvem de pesares grávida
        Tolda o meu rosto;
Por que um suspiro de abafada angústia,
Um ai do peito, que exalar não ouso,
O meigo encanto dos teus sonhos quebra
        Num breve instante!
Raio de amor, que sobre mim resplendes,
Ou sol que bates num profundo abismo,
E a verde-negra superfície tinges
De cor chumbada com reflexos d'oiro;

Se vês luzente a superfície amiga,
E à luz que espalhas aclarar-se o abismo,
Sol benfazejo, que te importam fezes,
Se lá no fundo adormecidas jazem?

---

* O texto, em inglês, pode ser traduzido por: "E tu perguntas que secreta aflição eu sofro, corroendo alegria e mocidade? / E em vão procuras conhecer / Uma angústia, mesmo que devas perder a paz?". (N.O.)

Talvez, se as vires, encobrindo os olhos,
De horror fugindo ao temeroso aspecto,
Os brandos lumes, donde amor destilas
        Breve apagarás.
Não me perguntes por que sofro triste,
Por que da morte o negro espectro invoco,
Por que, cansado desta vida, almejo
        A paz dos túmulos.
Nem ver procures a cratera hiante
Do peito meu, qu'inda fumega em cinzas,
Do peito meu, onde cruéis travaram
Pleitos, não crimes, mas paixões que abrasam.

Dá que nas horas que contigo passo
Do amor mais casto e do mais doce enlevo,
Durma o passado e do porvir m'esqueça,
E o meu presente de te amar se ameigue.
[...]

---

33 **hiante:** escancarada. (N.O.)

INDICAÇÕES DE LEITURA

BANDEIRA, Manuel. "A vida e a obra do poeta" (Biografia condensada). In: *Poesia e prosa completas*. Rio de Janeiro: Nova Aguilar, 1998. p. 13.
O poeta, um dos grandes admiradores e maiores estudiosos da obra de Gonçalves Dias, criou uma biografia intelectual bastante importante para os estudos de sua obra. Bandeira também estudou a qualidade técnica dos versos do poeta maranhense.

BOSI, Alfredo. *Dialética da colonização*. São Paulo: Companhia das Letras, 1992.
No capítulo "Um mito sacrificial: o indianismo de Alencar", o autor, através da comparação entre o indianismo de José de Alencar e o de Gonçalves Dias, dá a este o que a crítica não tem dado: sua grande independência para criticar, em sua obra, o processo de colonização.

CANDIDO, Antonio. *Formação da literatura brasileira*. Belo Horizonte: Itatiaia, 1997. v. 2.
Nos capítulos "O nacionalismo literário" e "O romantismo como posição do espírito e da sensibilidade", o autor explica como e por que o romantismo se aclimatou tão bem ao Brasil independente, explorando as particularidades de nosso nacionalismo e ampliando a compreensão do que foi ser poeta desse romantismo brasileiro. No capítulo "Gonçalves Dias consolida o romantismo", o autor explica por que Gonçalves Dias se destaca no panorama da literatura brasileira romântica por meio da elegante união de características modernas (romântico nacionalista) e clássicas para criar suas obras. É um dos melhores estudos sobre o poeta.

CUNHA, Cilaine Alves. "Nação, nacionalismo e patriotismo". In: DIAS, Gonçalves. *Cantos*. São Paulo: Martins Fontes, 2001. (col. Poetas do Brasil.)

A partir de um histórico sociopolítico de como a nação tornava-se aos poucos soberana após a Independência, a autora analisa a complexa postura de Gonçalves Dias na construção de nossa nacionalidade.

GUIDIN, Márcia Lígia. "Um poeta cantor da América". In: *Poesia indianista: Obra indianista completa*. 2. ed. São Paulo: Martins Fontes, 2002. (col. Poetas do Brasil.)
A autora faz análise dos mais conhecidos poemas indianistas a partir das ideias românticas de amor, heroísmo e resistência à colonização vigorosamente criadas no universo poético do autor.

RESUMO BIOGRÁFICO

1823 Antônio Gonçalves Dias nasce na cidade de Caxias, no Maranhão, em 10 de agosto. Era filho natural do comerciante português João Manuel Gonçalves Dias e da mestiça Vicência Mendes Ferreira. O pai, fugindo de brasileiros que lutavam contra a resistência portuguesa local à Independência, volta a Portugal e deixa o menino com a mãe.

1825/1829 O pai retorna ao Brasil e vai morar com mãe e filho. Mais tarde, abandona Vicência e se casa com Adelaide Ramos de Almeida. Leva o menino consigo, proibindo-o de ter contato com a mãe.

1830/1835 Gonçalves Dias ajuda o pai na firma comercial. Começa a ter aulas de latim, francês e filosofia com um modesto professor que, avaliando os progressos do menino, recomenda a ele completar os estudos na Universidade de Coimbra.

1837 Pai e filho resolvem embarcar para Portugal. Mas o pai morre subitamente e o jovem não viaja.

1838 A madrasta manda-o para Portugal, para cumprir o desejo do marido. Inicia os estudos na Universidade de Coimbra.

1839 A madrasta, sem recursos para mantê-lo, pede-lhe que volte ao Maranhão. Ajudado por amigos, ele prossegue seus estudos em Portugal.

1841 Integra a redação do jornal *O Trovador*, dirigido por poetas chamados "medievalistas". Este contato exerceria grande influência em seu estilo poético. Em 1842, escreve seus primeiros poemas, dentre eles "Inocência", publicado em *O Trovador* e dedicado a uma namorada.

1843 Escreve em Coimbra a "Canção do exílio". Segundo o próprio Gonçalves Dias: "quando eu compus esta canção, ou como melhor se chame, tinha apenas visto algumas das províncias do Norte do Brasil".

1844 Escreve várias obras, dentre elas seu primeiro poema indianista, "O índio" (*Visões*), composto em Pitões, em 25 de dezembro desse ano; este poema viria a público postumamente.

1845 Forma-se no primeiro nível de bacharel. Por falta de recursos volta ao Maranhão. Escreve "Ao aniversário da independência de Caxias", a cidade onde nascera, e outros poemas que passa a declamar em público, iniciando seu reconhecimento como poeta.
Muda-se para o Rio de Janeiro, onde aguarda a publicação, custeada do próprio bolso, de *Primeiros cantos*, pela casa Laemmert. Nesse meio-tempo acaba de escrever a peça *Leonor de Mendonça*.

1847 Sai o *Primeiros cantos* e as críticas são muito favoráveis. Aparece um elogioso artigo do romancista português Alexandre Herculano, que traz imensa alegria ao poeta.

1848 Publica *Segundos cantos* e as *Sextilhas do frei Antão*.

1849 Passa a lecionar latim e história no Colégio Pedro II, no Rio de Janeiro. Sai na revista *Beija-Flor* o belo poema indianista

"Leito de folhas verdes". O poema causaria muita polêmica, irritando historiadores que o consideraram excessivamente idealizado.

1851 Publica *Últimos cantos*. Pede em casamento Ana Amélia Ferreira Vale, por quem está apaixonado, mas a família da moça o recusa, talvez por preconceito racial. Escreve o famoso "Se se morre de amor!", dedicado à amada.

1852 Casa-se com Olímpia da Costa; é nomeado funcionário da Secretaria dos Negócios Estrangeiros.

1854 Nomeado pelo governo para avaliar métodos de ensino europeus, parte para Paris com a mulher e a cunhada; nasce, muito adoentada, sua filha Joana.

1855 Encontra por acaso Ana Amélia, também casada, em Lisboa, e lhe dedica o famoso poema "Ainda uma vez — Adeus!".

1856 A esposa e a filha voltam ao Brasil e o poeta permanece na Europa a trabalho. Com a saúde muito frágil, a criança morre no Rio de Janeiro.

1857 Publicação dos *Cantos* (completos) com o editor F. A. Brockhaus, na Alemanha. Também publica os quatro primeiros cantos de "Os Timbiras" e o *Dicionário da língua Tupi* (com data de 1858). É já aclamado "o maior poeta do Brasil".

1858 Depois de visitar vários países na Europa a trabalho, volta ao Rio de Janeiro; mas não vai viver com a esposa. Sai a terceira edição dos *Cantos* (ou seja, a segunda edição F. A. Brockhaus). Há desentendimentos entre o poeta, os editores brasileiros e alemães sobre a terceira edição dos *Cantos*.

1862 Muito doente, com problemas nos pulmões, vai a Recife e de lá parte para a Europa, onde se trataria com médicos franceses. Nessa época corre no Brasil a falsa notícia da morte do poeta. Sua fama era enorme e os jornais chegam a publicar homenagens e anúncios fúnebres, depois desmentidos.

1863 Sua saúde não apresenta melhoras substanciais; tem um grave problema na garganta que lhe tira totalmente a voz. Nessa época traduz em versos portugueses a tragédia *A noiva de Messina*, do poeta alemão Friedrich von Schiller, que só seria publicada em 1865.

1864 Decide voltar ao Brasil com o amigo Odorico Mendes, que morre subitamente em Paris. O poeta parte sozinho, depois de ter escrito o poema "Minha terra", tido como uma nova "Canção do exílio". Com o estado de saúde bastante frágil, embarca no navio Ville de Boulogne. O navio choca-se com um banco de areia e acaba naufragando nas costas do Maranhão. Gonçalves Dias morre no naufrágio antes de chegar à terra natal, e seu corpo e vários manuscritos (talvez o término de "Os Timbiras") nunca foram encontrados.

1865 Sai a última edição alemã Brockhaus dos *Cantos*, em dois volumes.

1869 Saem as *Obras póstumas* (com data de 1868), em seis volumes, editada em São Luís do Maranhão pelo amigo e biógrafo Antônio Henriques Leal.

1944 Sai uma edição crítica, de todas as *Obras poéticas*, rigorosamente preparada e comentada pelo poeta Manuel Bandeira, em dois volumes, pela Companhia Editora Nacional.

OBRAS DO AUTOR

Primeiros cantos. Rio de Janeiro: Laemmert, 1846.

Leonor de Mendonça. Rio de Janeiro: J. Vilieneuve, 1847.

Segundos cantos e Sextilhas de frei Antão. Rio de Janeiro: Ferreira Monteiro, 1848.

Últimos cantos. Rio de Janeiro: Paula Brito, 1851.

Cantos. 2. ed. Leipzig: F. A. Brockhaus, 1857; 3. ed. Leipzig: F. A. Brockhaus, 1860; 4. ed. Leipzig: F. A. Brockhaus, 1865. Contendo as composições dos *Primeiros*, *Segundos* e *Últimos cantos*, mais dezesseis produções, sob o título *Novos cantos*.

Os Timbiras: poema americano. Leipzig: F. A. Brockhaus, 1857.

Dicionário da língua Tupi. Leipzig: F. A. Brockhaus, 1858.

Obras póstumas. Antônio Henriques Leal (org., prólogo e biografia). São Luís: B. de Matos, 1868-1869. v. I. Fac-símile de uma carta de Gonçalves Dias.

Sextilhas de frei Antão. Lisboa: Companhia Editora Nacional, 1890.

Poesias póstumas. Rio de Janeiro: H. Garnier, 1909.

Obras poéticas de A. Gonçalves Dias. Manuel Bandeira (org.). São Paulo: Companhia Editora Nacional, 1944.

Poesias completas. Josué Montello (org.). Rio de Janeiro: Zélio Valverde, 1944.

Poesias completas. F. J. da Silva Ramos (org., revisão e notas); Mário da Silva Brito (introdução). São Paulo: Saraiva, 1950.

BOM LIVRO NA INTERNET

Ao lado da tradição de quem publica clássicos desde os anos 1970, a Bom Livro aposta na inovação. Aproveitando o conhecimento na elaboração de suplementos de leitura da Editora Ática, a série ganha um suplemento voltado às necessidades dos estudantes do ensino médio e daqueles que se preparam para o exame vestibular. E o melhor: que pode ser consultado pela internet, tem a biografia do autor e traz a seção "O essencial da obra", que aborda temas importantes relacionados à obra.

Acesse **www.atica.com.br/bomlivro** e conheça o suplemento concebido para simular uma prova de vestibular: os exercícios propostos apresentam o mesmo nível de complexidade dos exames das principais instituições universitárias brasileiras.

Na série Bom Livro, tradição e inovação andam juntas: o que é bom pode se tornar ainda melhor.

Créditos das imagens

Legenda

a no alto; **b** abaixo; **c** no centro; **d** à direita; **e** à esquerda

capa: *À lembrança do monza de meu irmão*, 2008, obra de Bruno Miguel; **8c:** © Biblioteca Nacional, Rio de Janeiro; **12a:** © Acervo Iconographia; **13d:** © Acervo Iconographia; **16a:** © Reprodução; **17b:** © Coleção particular; **19c:** © Biblioteca Mário de Andrade, São Paulo; **26c:** © Coleção particular; **221e:** © Biblioteca Nacional, Rio de Janeiro; **232b:** *Catálogo de clichês* / D. Salles Monteiro, São Paulo: Ateliê Editorial, 2003; **quarta capa:** Edilaine Cunha.

OBRA DA CAPA

BRUNO MIGUEL

(Rio de Janeiro, RJ, 1981)

À lembrança do monza de meu irmão, 2008

Técnica mista sobre tela, 240 x 160 cm

Coleção do artista

A poesia de Gonçalves Dias caracteriza-se pela busca de imagens, ritmos e temas genuinamente nacionais, no processo político e literário de afirmação da nossa nacionalidade. Idealizando a natureza pátria, tal lírica foi muito parodiada pelos escritores modernistas. A obra de Bruno Miguel mistura um motivo muito "brasileiro", as palmeiras em profusão, com elementos da sociedade de consumo, como o automóvel, que remete à modernidade e cria uma situação satírica. O choque provocado pelos dois universos, diametralmente opostos, permite ao espectador (ou ao leitor de Gonçalves Dias) questionar até que ponto a imagem de um "país aprazível" é condizente com a nossa realidade social, pautada pelo feroz consumismo e por uma modernização problemática.

BRUNO MIGUEL formou-se em Artes Plásticas na Escola de Belas Artes do Rio de Janeiro. Desde 2002 participa de diversas exposições em museus e espaços no Rio de Janeiro e em São Paulo. Sua pintura caracteriza-se pela reapropriação crítica de imagens e paisagens consagradas e pela referência constante à sociedade de consumo. Sua obra exige constante participação do espectador na construção de novos significados, e também permite o encontro da nossa história com os dilemas da contemporaneidade.

BOM BL LIVRO

Veja outros grandes clássicos da série Bom Livro:

- **GIL VICENTE**
  Auto da barca do inferno
- **JOAQUIM MANUEL DE MACEDO**
  A Moreninha
- **JOSÉ DE ALENCAR**
  Iracema
- **JOSÉ DE ALENCAR**
  Senhora
- **JOSÉ DE ALENCAR**
  Lucíola
- **LUÍS DE CAMÕES**
  Os lusíadas
- **LUÍS DE CAMÕES**
  Sonetos
- **MANUEL ANTÔNIO DE ALMEIDA**
  Memórias de um sargento de milícias
- **TOMÁS ANTÔNIO GONZAGA**
  Marília de Dirceu & Cartas chilenas

Este livro foi composto nas fontes Interstate, projetada por Tobias Frere-Jones em 1993, e Joanna, projetada por Eric Gill em 1930, e impresso sobre papel pólen soft 70 g/m²